城门开

北岛集

城门开

生活·讀書·新知 三联书店

1968年冬在天坛

2015年春在天坛

和弟弟一起

1959年弟妹仨合影

父母结婚照（1948 年于上海）

全家福（约于 1963 年）

父亲在天坛（约 1948 年）

穿着父亲的羊皮袄（1970年）

母亲在河南"五七"干校(1971年)

妹妹在家中阳台上（约1969年）

全家摄于天坛（1972年）

2014年和朋友们游莫斯科红场（左五）

2010年简体字版（三联）

2010 年初版（牛津）

三联版小序

窗户，纸和笔。无论昼夜，拉上厚窗帘，隔绝世上的喧嚣，这多年的习惯——写作从哪儿开始的？

面对童年，与那个孩子对视。皆因情起，寻找生命的根。从十五岁起，有个作家的梦想，根本没想到多少代价。恍如隔世，却近在咫尺：迷失、黑暗、苦难、生者与死者，包括命运。穿越半个世纪的不测风云——我头发白了。

按中国人说法，命与运。我谈到俄国诗人曼德尔施塔姆。除了外在命运，还有一种内在命运，即常说的使命。外在命运和使命之间相生相克。一个有使命感的人，必然与外在命运抗争，并引导外在命运。

十九岁那年当建筑工人，初试动笔，这是出发的起点。众人睡通铺，唯我独醒。微光下，读书做笔记，静夜，照亮尊严的时刻。六年混凝土工，五年铁匠，劳动是永恒的主题——与大地共呼吸。筑起地基，寻找文字的重心；大锤击打，进入诗歌的节奏。感谢师傅们，教我另一种知识。谁引领青春岁月，在时代高压下，在旱地的裂缝深埋种子。

四十不惑，迎风在海外漂泊。重新学习生活、为人之道，必诚实谦卑。幸运的是，遇上很多越界的人，走在失败的路上。按塞缪尔·贝克特的说法，失败，试了，失败，试了再试，多少好点儿。谁都不可能跨越，若有通道，以亲身体验穿过语言的黑暗。打开门窗，那移动的地平线，来自内在视野。

写作的人是孤独的。写作在召唤，有时沉默，有时叫喊，往往没有回声。写作与孤独，形影不离，影子或许成为主人。如果有意义的话，写作就是迷失的君王。在桌上，文字越过边缘，甚至延展到大地。如果说，远行与回归，而回归的路更长。

我总体愚笨。在七十年代地下文坛，他们出类拔萃，令我叹服，幸好互相取暖，砥砺激发。我性格倔强，摸黑，在歧路，不见棺材不掉泪。其实路没有选择，心是罗盘，到处是重重迷雾，只能往前走。

很多年过去了。回头看，沿着一排暗中的街灯，两三盏灭了，郁闷中有意外的欣喜：街灯明灭，勾缀成行，为了生者与死者。

北岛
2014 年 12 月 8 日

给田田和兜兜

城门城门几丈高?

三十六丈高!

上的什么锁?

金刚大铁锁!

城门城门开不开?

…………

——摘自童谣

目　录

1　　序：我的北京

1　　光与影
10　　味　儿
20　　声　音
30　　玩具与游戏
40　　家　具
49　　唱　片
55　　钓　鱼
60　　游　泳
69　　养兔子
78　　三不老胡同1号
105　　钱阿姨
115　　读　书
124　　去上海
134　　小　学
144　　北京十三中
155　　北京四中
192　　大串联
203　　父　亲

序：我的北京

2001年年底，因父亲病重，我回到阔别了十三年的北京。即使再有心理准备，也还是没想到，北京已面目皆非，难以辨认，对我来说完全是个陌生的城市。我在自己的故乡成了异乡人。

我生在北京，在那儿度过我的前半生，特别是童年和青少年——我的成长经验与北京息息相关。而这一切却与这城市一起消失了。

从那一刻起，我萌生了写这本书的冲动：我要用文字重建一座城市，重建我的北京——用我的北京否认如今的北京。在我的城市里，时间倒流，枯木逢春，消失的气味儿、声音和光线被召回，被拆除的四合院、胡同和寺庙恢复原貌，瓦顶排浪般涌向低低的天际线，鸽哨响彻深深的蓝天，孩子们熟知四季的变化，居民们胸有方向感。我打开城门，欢迎四海漂泊的游子，欢迎无家可归的孤魂，欢迎所有好奇的客人们。

这一重建工程旷日持久，比我想象的难得多。记忆带有选择性、模糊性及排他性，并长期处于冬眠状态。而写作正是唤醒记忆的过程——在记忆的迷宫，一条通道引导另一条通道，一扇门开向另一扇门。

童年、青少年在人的一生中如此重要，甚至可以说，后来的一切几乎都是在那时候形成或被决定的。回溯生命的源头相当于某种史前探险，伴随着发现的快乐与悲哀。如果说远离和回归是一条路的两端，走得越远，往往离童年越近；也正是这最初的动力，把我推向天涯海角。

特别要感谢曹一凡，作为我的邻居、伙伴和同学，他不仅在书中扮演了重要角色，更以其惊人的记忆力，帮我校正还原了大量的关键性细节；当然还要感谢李陀和甘琦，正是这两位挑剔的"读者"，让我在写作中永远如履薄冰。

北岛

2010年6月25日于香港

光与影

一

2001年年底,我重返阔别十三年的故乡。飞机降落时,万家灯火涌进舷窗,滴溜溜儿转。我着实吃了一惊:北京就像一个被放大了的灯光足球场。那是隆冬的晚上。出了海关,三个陌生人举着"赵先生"牌子迎候我。他们高矮胖瘦不一,却彼此相像,在弧光灯反衬下,有如来自另一个世界的影子。欢迎仪式简短而沉默,直到坐进一辆黑色轿车,他们才开始说话,很难分辨是客套还是什么,灯光如潮让我分神。

在儿时,北京的夜晚很暗很暗,比如今至少暗一百倍。举个例子:我家邻居郑方龙住两居室单元,共有三盏日光灯:客厅八瓦,卧室三瓦,厕所和厨房共用三瓦(挂在毗邻的小窗上)。也就是说,当全家过年或豁出去不过日子的话，总耗电量才不过十四瓦，还没如今那时髦穿衣镜环形灯泡中的一个亮。

这在三不老胡同1号或许是个极端的例子，可就全北京而言，恐怕远低于这个水平。我的同学往往全家一间屋一盏灯，由家长实行"灯火管制"。一拉灯，那功课怎么办？少废话，明儿再说。

灯泡一般都不带灯罩，昏黄柔润，罩有一圈神秘的光晕，抹掉黑暗的众多细节，突出某个高光点。那时的女孩儿不化妆不打扮，反而特别美，肯定与这灯光有关。日光灯的出现是一种灾难，夺目刺眼，铺天盖地，无遮无拦。正如养鸡场夜间照明为了让母鸡多下蛋一样，日光灯创造的是白天的假象，人不下蛋，就更不得安宁，心烦意乱。可惜了的是美人不再，那脸光板铁青，怎么涂脂抹粉也没用。其实受害最深的还是孩子，在日光灯下，他们无处躲藏，失去想象的空间，过早迈向野蛮的广场。

据我们物理老师说，当人进入黑暗，短短几分钟内视力可增至二十万倍。看来黑暗让人洞若观火。灯火本来是人类进化的标志之一，但这进化一旦过了头，反而成了睁眼瞎。想当年，我们就像狼一样目光敏锐，迅速调节聚焦：刷——看到火光，刷——看到羊群，刷——看到无比美好的母狼。

要说当年"四眼儿"多，除了灯光条件，更主要是与学习态度有关。那时同学争论中胜方最有力的论证是，农村黑灯瞎火，怎么倒没几个"四眼儿"？尽管学校提供晚自习室（包括空间与充足的灯光），可挡不住靠时间差出人头地的，更挡不住在正统知识外看闲书的，如一凡，钻被窝用手电筒读《红楼梦》，早早加入"四眼儿"的行列。

当年北京路灯少，很多胡同根本没路灯，即使有，也相隔三五十米，只能照亮路灯跟前那点儿地盘。大人常用"拍花子"来吓唬我们。所谓"拍花子"，指的是用迷魂药绑架拐卖孩子。这故事本身就是迷魂药，让多少孩子困惑，谁也说不清细节，比如用什么玩意儿在脑袋上一拍，孩子就自动跟坏人走了？要有这先进武器，台湾不是早就解放了？没准儿是解放前某个犯罪案例，在口头传说中添油加醋，顺着历史的胡同一直延伸到我的童年。

对夜行人来说，路灯与其是为了照亮，倒不如说为了壮胆。他一边骑车一边哼下流小调，叮当按铃。一旦某个路灯瞎了，或被孩子用弹弓打碎，他就慌了，开骂，捎上祖宗八代。

路灯少，出门得自备车灯。二十世纪五十年代末骑车还有用纸灯笼的,有侯宝林的相声《夜行记》为证。那时大多数用的是方形手电式车灯,插在车把当中。再高级的是磨电灯,即用贴在瓦圈上的小磙子发电。由于车速不均,车灯忽明忽暗。那可是北京夜里的一景。

五十年代末,长安街竖起了现代化集束路灯。华灯初上,走在长安街上特别自豪,心明眼亮,似乎一眼就能望见共产主义。相形之下,胡同灯光更加暗淡。一离开那康庄大道,就又迷失在北京胡同无边的迷宫中。

我自幼和弟弟妹妹玩影子游戏,两手交叉,借灯光在墙上变幻成各种动物,或弱小或凶猛,追逐厮杀。后来谁也不愿意扮兔子。弱肉强食,连影子游戏背后都有权力意志,操纵者自以为是万物的主宰。

对孩子来说,黑暗的最大好处就是捉迷藏。一旦退到灯光区域外,到处可藏身,尤其犄角旮旯。刚搬进三不老胡同1号,院里还有假山,奇形怪状的太湖石夜里瘆人,说什么像什么。那是捉迷藏的好去处。捉、藏双方都肝儿颤——谁能保证不撞上郑和或那帮丫环的幽灵呢?听那带颤音的呼唤就透着心虚:"早看见你丫啦,别装蒜,快出来吧——"待冷不丁背后一声尖叫,全都一身鸡皮疙瘩。

讲故事也得趁黑,特别是鬼故事。老人给孩子讲,孩子们相互讲。在一个不信神的国度,用鬼来吓孩子吓自己实在有利于道统。上初中时,毛主席号召讲不怕鬼的故事,让人一时懵了。首先这世上胆儿大的不多,再说不怕鬼多了个阐释的麻烦:先得证明鬼的存在,才能证明鬼并不可怕。

"文革"期间,我们白天闹革命,夜里大讲鬼故事,似乎鬼和革命并不矛盾。我住四中学生宿舍。先关灯,用口技配乐烘托气氛。到关键处,有人顺手推倒护床板或扔出破脸盆。在特技效果的攻势下,那些自称胆儿大的没一个经得住考验。

日光灯自七十年代初广泛应用,让北京一下亮堂了,连鬼都不再显灵了。幸好经常停电。一停电,家家户户点上蜡烛,那是对消失的童年生活的一种追忆与悼念。

二

醒来,天花板被大雪的反光照亮。暖气掀动窗帘,其后模糊的窗框随光流移动,如缓缓行进的列车,把我带向远方。我赖在床上,直到父母催促才起来。

大雪是城市的幻象，像一面自我审视的镜子。很快这镜子就支离破碎了，转瞬间，到处是泥泞。上学路上，我披着棉猴儿，抄起一把湿漉漉的雪，攥成雪球，往胡同口那棵老槐树扔去。可惜没击中。冲进教室，上课铃声响了。教室窗户又像列车驶离站台，不断加速。室内幽暗，老师的身影转动，粉笔末儿飞扬，那些黑板上的数字出现又消失。老师突然扬起教鞭，指着我喊道："嗨，问你呢，听见了吗？"

随下课的铃声，春天到了。房檐吸附过多的水分，由白变黑；天空弯下来，被无数枝头染绿；蜜蜂牵动着阳光，嗡嗡作响；女孩儿奔跑中的影子如风筝，谁也抓不到那线头；柳絮纷纷扬扬，让人心烦。我开始写作文，先抄刘白羽的《红玛瑙集》，再抄魏巍的《谁是最可爱的人》。刘白羽写道，他在莫斯科上空的飞机上看日出。这段显然是不能抄的。我纳闷：为什么莫斯科？我溜达到后海看日落。哪儿来的什么红玛瑙？落日就像一块两分钱的水果糖。几只燕子在湖面翻飞，西山层叠起伏。波浪油亮，泛起一层腥臭的白沫。

在无风的日子，云影停在操场上空，一动不动。那个肌肉发达的高班同学，在双杠上机械般悠着，影子像节拍器。我在单杠下，运足气准备引体向上。按规定，要连续做六个才及格。到第二个我已筋疲力尽，连蹬带蹿，脑门刚够到铁杆。我似乎在竭尽全力爬上天空，偷看那舒卷自如的白云。

夏天的阳光把街道切成两半。阴影下清凉如水，我跟着人群鱼贯而行。我突然改变主意，走到阳光暴晒的一边，孤单而骄傲，踩着自己的影子，满头大汗，直到浑身湿透。在目的地我买了根冰棍，犒劳自己。

我喜欢在大街上闲逛，无所事事。在成人的世界中有一种被忽略的安全感。只要不仰视，看到的都是胸以下的部分，不必为长得太丑的人难过，也不必为人间喜怒哀乐分心。一旦卷入拥挤的人流，天空翳暗，密不透风，奋力挣扎才冲出重围。人小的好处是视角独特：镀镍门把上自己的变形的脸，玻璃橱窗里的重重人影，无数只脚踩踏的烟头，一张糖纸沿马路牙子起落，自行车辐条上的阳光，公共汽车一闪一闪的尾灯……

我喜欢下雨天，光与影的界限被抹去，水乳交融，像业余画家的调色板。乌云压低到避雷针的高度，大树枝头空空的老鸹窝，鲜艳的雨伞萍水相逢，雨滴在玻璃上的痕迹，公告栏中字迹模糊的判决书，水洼的反光被我一脚踏碎。

我和一凡常远足去东安市场。六十年代初,东安市场翻建成百货商场,改名为东风市场,完全毁掉了原有的风味。当年东安市场,各种小铺摊位错落有致,应有尽有。在我记忆中,那是个光的迷宫,电灯、汽灯、煤油灯和蜡烛交相辉映,扑朔迷离。在各种光照下,那些店主和顾客的脸显得神秘莫测,只要把那瞬间固定下来,就是一幅民俗生活的长卷。偶尔有一缕阳光漏进来,缓缓移动——那是最古老的时针。

三

每个孩子天生都有很多幻觉,这幻觉和光与影,和想象的空间,甚至和身体状态都有关系。孩子长大后,多半都会忘了,时间社会习俗知识系统强迫他们忘却,似乎那是进入成人世界的条件。

我从十岁到十三岁正赶上三年困难时期,那是身体与精神成长的转折点,即青春期的开始。饥饿是当时生活的常态。那时照片上的我,神情很像非洲的饥饿儿童,眼睛贼亮,直勾勾的,嘴角带有一丝狡黠的怪笑。

我显然正处于高度的幻觉中。在我眼里，树木奇形怪状，花朵鲜艳欲滴，烟悬空，水倒流，房子歪斜，楼梯滚动，云朵变成怪物，阴影深不可测，星星又大又亮……后来看到凡高画的星空，一点都不惊奇。在我看来，那是所有处于饥饿中的人应有的视觉效果。

我直眉瞪眼，自言自语，走路不拐弯。特别是在课堂上，我基本上听不见老师说什么，沉浸在自己的幻觉世界中。老师问问题，我往往答非所问。开家长会，老师把忧虑传达给父母。好在母亲是医生，并没大惊小怪。但我处在他们严密的观察中。

半夜醒来，看见我的鞋在移动，转了一圈儿又回到原地；巨轮突然闯进窗户；玻璃上出现陌生人的脸；逆光中的树林着起大火……

一天晚上，我独自回家，发现一朵白云就停在三不老1号大门口上空。它不大，圆圆的，像把大伞，低到难以置信的程度，比我家住的四层还低。多年后听说不明飞行物（UFO）时，才恍然大悟。在这朵云下，我如同被魔法降住，心乱如麻，浑身僵硬。时间似乎停止了。我终于向前跨出一步，然后飞快跑回家。

味 儿

一

关于北京,首先让我想到的是气味儿,随季节变化而变化。就这一点而言,人像狗。要不为什么那些老华侨多年后回国,四顾茫然,张着嘴,东闻闻西嗅嗅——寻找的就是那记忆中的北京味儿。

冬储大白菜味儿。立冬前后,各副食店门前搭起临时菜站,大白菜堆积如山,从早到晚排起长队。每家至少得买上几百斤,用平板三轮、自行车、儿童车等各种工具倒腾回家,邻里间互相照应,特别是对那些行动不便的孤寡老人。大白菜先摊开晾晒,然后码放在窗下、门边、过道里、阳台上,用草帘子或旧棉被盖住。冬天风雪肆虐,大白菜像木乃伊干枯变质,顽强地散发出霉烂味儿,提示着它们的存在。

煤烟味儿。为取暖做饭，大小煤球炉蜂窝煤炉像烟鬼把烟囱伸出门窗，喷云吐雾。而煤焦油从烟囱口落到地上，结成一坨坨黑冰。赶上刮风天，得赶紧转动烟囱口的拐脖——浓烟倒灌，呛得人鼻涕眼泪，狂嗽不止。更别提那阴险的煤气：趁人不备，温柔地杀你。

灰尘味儿。相当于颜色中的铁灰加点儿赭石——北京冬天的底色。它是所有气味儿中的统帅，让人口干舌燥，嗓子冒烟，心情恶劣。一旦借西北风更是了得，千军万马，铺天盖地，顺窗缝门缝登堂入室，没处躲没处藏。当年戴口罩防的主要就是它，否则出门满嘴牙碜。

正当北京人活得不耐烦，骤然间大雪纷飞，覆盖全城。大雪有一股云中薄荷味儿，特别是出门吸第一口，清凉滋润。孩子们高喊着冲出门去，他们摘掉口罩扔下手套，一边喷吐哈气，一边打雪仗堆雪人。直到道路泥泞，结成脏冰，他们沿着脏冰打出溜儿，快到尽头往下一蹲，借惯性再蹭几米，号称"老头钻被窝儿"。

我家离后海很近。孩子们常在那儿"滑野冰"，自制冰鞋雪橇滑雪板，呼啸成群，扬起阵阵雪末儿，被风刮到脸上，好像白砂糖一样，舔舔，有股无中生有的甜味儿。工人们在湖面开凿冰块，用铁钩子钩住，沿木板搭的栈道运到岸上，再运到李广桥北面的冰窖。趁人不注意，我跟着同学钻进冰窖，昏暗阴冷，水腥味夹杂着干草味。那些冰块置放在多层木架上，用草垫隔开，最后用草垫木板和土封顶。待来年夏天，这些冰块用于冷藏鲜货食品，制作冰淇淋刨冰。在冰窖里那一刻，我把自己想象成冷冻的鱼。

冬天过于漫长，让人厌烦，孩子们眼巴巴盼着春天。数到"五九"，后海沿岸的柳枝蓦然转绿，变得柔软，散发着略带苦涩的清香。解冻了，冰面发出清脆的破裂声，雪水沿房檐滴落，煤焦油的冰坨像墨迹洇开。我们的棉鞋全都变了形，跟蟾蜍一样趴下，咧着嘴，有股咸带鱼的臭味儿。

我母亲几乎年年都买水仙，赶上春节前后悄然开放，暗香涌动，照亮沉闷的室内。在户外，顶属杏花开得最早，随后梨花丁香桃花，风卷花香，熏得人头晕，昏昏欲睡。小时候常说"春困秋乏夏打盹，睡不醒的冬三月"，那时尚不知有花粉过敏一说。

等到槐花一开，夏天到了。国槐乃北方性格，有一种恣意妄为的狞厉之美。相比之下，那淡黄色槐花开得平凡琐碎，一阵风过，如雨飘落。槐花的香味儿很淡，但悠远如箫声。

而伴随着这香味的是可怕的"吊死鬼"。那些蠕虫吐丝吊在空中，此起彼伏，封锁着人行道。穿过"吊死鬼"方阵如过鬼门关，一旦挂在脖子上脸上，挥之不去，让人浑身起鸡皮疙瘩，难免惊叫。

夏天是一年中最快乐的时光，主要是放暑假的缘故吧。我们常去鼓楼"中国民主促进会"看电视打乒乓球，或是去什刹海体育场游泳。说到游泳，我们沉浮在福尔马林味儿、漂白粉味儿和尿臊味儿中，沉浮在人声鼎沸的喧嚣和水下的片刻宁静之间。

暴雨似乎来自体内的压力。当闷热到了难以忍受的临界点，一连串雷电惊天动地，青春期的躁动得到某种程度的释放。雨一停，孩子冲向马路旁阴沟上，一边蹚水一边高叫："下雨啦，冒泡啦，王八戴上草帽啦……"

不知为什么，秋天总与忧伤相关，或许是开学的缘故：自由被没收了。是的，秋天代表了学校的刻板节奏，代表了秩序。粉笔末儿飘散，中文与数字在黑板上出现又消失。在男孩子臭脚丫味儿和脏话之上，是女孩儿的体香，丝丝缕缕，让人困惑。

秋雨阵阵，树叶辗转飘零，湿漉漉的，起初带有泡得过久的酽茶的苦味儿，转而变成发酵的霉烂味儿。与即将接班的冬储大白菜味儿相呼应。

二

话说味儿，除了嗅觉，自然也包括味觉。味觉的记忆更内在，因而也更持久。

鱼肝油味儿，唤醒我最早的童年之梦：在剪纸般的门窗深处，是一盏带有鱼腥味儿的灯光。那灯光大概与我服用鱼肝油的经验有关。起初，从父母严肃的表情中，我把它归为药类，保持着一种天生的警惕。

当鱼肝油通过滴管滴在舌尖上，凉凉的，很快扩散开来，满嘴腥味儿。这从鳕鱼肝脏提炼的油脂，让我品尝到大海深处的孤独感。后来学到的进化论证实了这一点：鱼是人类的祖先。随着年龄增长这孤独感被不断放大，构成青春期内在的轰鸣。滴管改成胶囊后，我把鱼肝油归为准糖果类，不再有抵触情绪。先咬破胶囊，待鱼肝油漏走再细嚼那胶质，有牛皮糖的口感。

"大白兔"奶糖味儿。它是糖果之王，首先是那层半透明的米纸，在舌头上融化时带来预期的快感。"大白兔"奶味儿最重,据说七块糖等于一杯牛奶,为营养不良的孩子所渴望。可惜困难时期,"大白兔"被归入"高级糖",有顺口溜为证:"高级点心高级糖,高级老头上茅房",可见那"高级循环"与平民百姓无关。多年后,一个法国朋友在巴黎让我再次尝到"大白兔",令我激动不已,此后我身上常备那么几块,加入"高级老头"的行列。

困难时期正赶上身体发育,我开始偷吃家里所有能吃的东西,从养在鱼缸的小球藻到父母配给的黏稠的卵磷脂,从钙片到枸杞子,从榨菜到黄酱,从海米到大葱……父母开始坚壁清野,可挡不住我与日俱增的食欲。什么都吃光了,我开始吞食味精。在美国,跟老外去中国餐馆,他们事先声明"No MSG(不放味精)",让我听了就他妈心烦。

我把味精从瓶中倒在掌心,一小撮,先用舌尖舔舔,通过味蕾沿神经丛反射到大脑表层,引起最初的兴奋——好像品尝那被提纯的大海,那叫鲜!我开始逐渐加大剂量,刺激持续上升,直到鲜味儿完全消失。最后索性把剩下半瓶味精全倒进嘴里,引起大脑皮层的信号混乱或短路——眩晕恶心,一头栽倒在床上。我估摸,这跟吸毒的经验接近。

父母抱怨,是谁打翻了味精瓶?

在我们小学操场墙外,常有个小贩的叫卖声勾人魂魄。他从背囊中像变戏法变出各种糖果小吃。由于同学引荐,我爱上桂皮。桂皮即桂树的树皮,中草药,辛辣中透着甘甜。两分钱能买好几块,比糖果经久耐吃多了。我用手绢包好,在课堂上时不时舔一下。说实话,除了那桂皮味儿,与知识有关的一切毫无印象。

一天晚上,我和关铁林从学校回家,一个挑担的小贩在路上吆喝:"臭豆腐酱豆腐——"我从未尝过臭豆腐,在关铁林怂恿下,花三分钱买了一块,仅一口就噎住了,我把剩下的扔到房上。回到家,保姆钱阿姨喊臭,东闻西嗅,非要追查来源。我冲进厕所刷牙漱口,又溜进厨房,用两大勺白糖糊住嘴。可钱阿姨依然翕动着鼻子,像警犬四处搜寻。

三

一个夏天的早上,我和一凡从三不老胡同1号出发,前往位于鼓楼方砖厂辛安里98号的中国民主促进会,那是我们父辈的工作单位。暑假期间，我们常步行到那儿打乒乓球，顺便嘛，采摘一棵野梨树上的小酸梨。

一出三不老胡同口即德内大街，对面是我的小学所在的弘善胡同，把东北角的小杂货铺发出信号，大脑中条件反射的红灯亮了，分泌出口水——上学路上，我常花两分钱买块糖，就着它把窝头顺进去。

沿德内大街南行百余步，过马路来到刘海胡同副食店。门外菜棚正处理西红柿，一毛钱四斤；还有凭本供应的咸带鱼，三毛八一斤，招来成群的苍蝇，挥之不去。我和一凡本想买两个流汤的西红柿，凑凑兜里的钢镚儿，咽了口唾沫走开。

沿刘海胡同向东，到松树街北拐，穿过大新开胡同时，在路边的公共厕所撒泡尿，那小便池上的尿碱味儿熏得人睁不开眼，我们像在水中练习憋气，蹿出好远才敢深呼吸，而花香沁人心脾——满地槐花。昨夜必是有雨，一潭潭小水洼折射出天光树影。

拐进柳荫街一路向北，这里尽是深宅大院，尽北头高大的围墙后面，据说是徐向前元帅的宅邸。在树荫下，我们买了两根处理小豆冰棍，五分钱两根，省了一分钱。可这处理冰棍软塌塌的，眼看要化了，顾不得细品冰镇小豆的美味儿，两口就吸溜进去，我们抻着脖子仰望天空，肚子咕噜噜响。

出了柳荫街是后海，豁然开朗。后海是什刹海的一部分，始于七百年前元大都时期。作为漕运的终点，这里曾一度繁华似锦。拐角处有棵巨大的国槐，为几个下象棋的人蔽荫。几个半大男孩正在捞蛤蜊，他们憋足气，跃起身往下扎猛子，脚丫蹬出水面，扑哧作响。岸边堆放着几只蛤蜊，大的像锅盖。蛤蜊散发着腥膻的怪味，似乎对人类发出最后的警告。

我们沿后海南沿，用柳枝敲打着湖边铁栏杆。宽阔的水面陡然变窄，两岸由一石桥连缀，这就是银锭桥。银锭观山，乃燕京八景之一。桥边有"烤肉季"，这名扬天下的百年老店，对我等的神经是多大的考验：那烤羊肉的膻香味儿，伴着炭焦味儿及各种调料味儿随风飘荡，搅动我们的胃，提醒中午时分已近。

我们一溜烟穿过烟袋斜街，来到繁华的地安门大街，北望鼓楼，过马路向南走，途经地安门商场副食店，门口贴出告示：处理点心渣儿（即把各种点心的残渣集中出售），我们旋风般冲进去，又旋风般冲了出来，那点心渣儿倒是挺招人爱，可惜粮票和钢镚儿有限。

沿地安门大街左拐进方砖厂胡同,再沿辛安里抵达目的地。"中国民主促进会全国委员会"的牌子,堂而皇之地挂在那儿,怎么看怎么像一句反动口号。

我和一凡先到乒乓球室大战三盘,饥肠辘辘,下决心去摘酸梨垫垫肚子。那棵墙角的野梨树并没多高,三五个土灰色小梨垂在最高枝头。踩着一凡的肩膀我攀上树腰,再向更高的枝头挺进。眼看着快够到小梨,手背一阵刺痛,原来遭"洋辣子"的埋伏。

从树上下来,吮吸那蛰红的伤口,但无济于事。从兜里掏出那几个小梨,在裤子上蹭蹭,咬了一口,又酸又涩,满嘴是难以下咽的残渣。食堂开饭的钟敲响了,一股猪肉炖白菜的香味儿飘过来。

声　音

一

我六七岁时发明：一边哼音乐，一边插入几声汽车喇叭。这两种声音叠加在一起，于我，就意味着大都市。如今梦想成真，我被大都市的各种噪音（特别是无所不在的电钻声）折磨得发疯，彻夜难眠，这才好歹明白，所谓大都市与那农业帝国的孩子的口头创意无关。

二十世纪六十年代初的北京，静得像个大村庄，早上居然能听见公鸡打鸣。那是住一层的弓家因地制宜，在大院围墙内辟出一小块自留地，除了种瓜种豆，还养了一笼鸡，有只孤傲的公鸡每天报晓，把我吵醒。公鸡打鸣如歌手练声——听众提心吊胆跟着沿云梯爬升，骤停，悬在半空。弓家还养了只火鸡，摇晃脖上肉垂发出咯咯喉音，像得了哮喘病的老头。它健硕且驯顺，让我们这帮孩子轮流骑在背上,昂首阔步。

我翻身,刚想睡个回笼觉,成群麻雀呼啦啦落在房顶,唧唧喳喳,啄着铁皮排水管,发出空洞的回声。其中一只叫声最亮,翅膀扑腾最欢。冬天,锅炉房工人开始添煤加温,热水顺暖气管道哗哗循环流动,伴随着嘶嘶的排气声及冷暖气流撞击时噼啪的爆裂声。我似乎置身于一个庞大的消化排泄系统中。

楼下出现人声。脚步纷杂却清晰可辨:男重女轻,劳力者浊,劳心者稳,老人滞中有间歇,孩子则多变,有的活蹦乱跳,有的拖着地走——费鞋。自行车声被清晨的寂静放大:辐条呼啸带风,轮胎飞沙走石,链条铿锵蹭着链套,铃声响起,洪钟般震耳欲聋。

我又翻了个身。再往远处细听,马打着响鼻,铁蹄在柏油路上打滑;车把式大声呵斥,鞭梢劈开空气,车辕在颠动中吱嘎作响。一辆14路公共汽车驶过,马达轰鸣,突突喷吐尾气,开关门时制动器发出叹息,售票员懒洋洋地报站:"刘海儿胡同到了——"

大约七点二十五分,班主任李老师穿过三不老胡同。他瘦高挑儿,腰板笔直,目不斜视,大步流星向前迈进,黑皮鞋橐橐作响。他清清嗓子,一扭头,"呸"

地吐出一口浓痰。一听见李老师的脚步声和吐痰声,我慌忙爬起来。

二

若生病或装病,我会继续赖在床上。大约八点半,邮递员小李骑车送报送信。他捏闸下车,一脚踢起支架,懒洋洋喊道:"某某某挂号信,拿图章。"

太阳升起来。叫卖吆喝声此起彼伏,不绝如缕。北京的吆喝声特别,显然与胡同的深度宽度和弯度有关,要想让商业信息家喻户晓,非得把吆喝押长拉宽外加七拐八弯才行。北京人语速快,咬字含混,吆喝是对北京话的纠偏:把音调放慢拖长,穿糖葫芦般给每个字应有的重视——清脆圆润,合辙押韵。关键还得底气足,有穿透力,换气不换声,平起,一翻身高八度,站稳了别掉下来,拉长韵尾——张恨水在《市声拾趣》中写道:"我也走过不少的南北码头,所听到的小贩吆喝声,没有任何一地能赛过北平的。北平小贩的吆喝声,复杂而谐和,无论其是昼是夜,是寒是暑,都能给予听者一种深刻的印象。"

"有破烂儿的我买,有破鞋烂袜子的我买——"这是收废品的,用倒装句显示了一种底层的自信,这自信可随时转化为帝国的自信:"有原子弹的我买——"

还有透着北京人抖机灵耍贫嘴的功夫。比如,卖蟠桃的吆喝:"这不是大姑娘扎的,也不是二姑娘绣的,这是三姑娘逛花园一脚踩下一个扁盖儿桃——"

"臭豆腐,酱豆腐,王致和的臭豆腐——"广告语简单明了,品牌和存货清单全齐了。北京人讲话"卖什么吆喝什么",这原始交易代表北京人纯朴的一面,童叟无欺,最多吹点儿小牛,那本是广告的功用嘛:"这冰人儿的西瓜脆沙瓤儿——""萝卜赛梨,辣了管换——""喝了蜜的大柿子——"

吆喝往往配有乐器,比如:卖烧饼麻花的用木梆子,耍猴儿的用大锣,收购破烂儿的用小皮鼓,卖冰镇酸梅汤的用两个小铜碗,上下一掂铜音串串,叫"冰盏儿"。还有剃头的用"大音叉",用铁板在中间一拨,那铮铮颤音先把人弄蒙了,就势按那儿,不管头发长短,先剃成秃瓢儿再说。"磨剪子来抢菜刀——"磨刀的用"铁头",即五片铁皮串在一起,哗啦作响。

楼下传来最令人激动的吆喝声:"冰棍,三分一根儿,

声音　23

五分一根儿——"那三分的是红果、小豆冰棍,五分的是牛奶冰棍。我兜里只有两分钱,估计和卖冰棍的老太太讨价还价,能弄一根缺棍或半化的红果冰棍。

刚从收音机听完侯宝林的相声《服务态度》,我跟一凡就跳进刘海胡同副食店,模仿相声中的段子唱起来:"买卖买卖和气生财,上柜台来笑颜开,休要发困莫发呆,像你这买卖怎能不发财……"没唱完,就让人给轰了出来。

三

最想进入我们生活的是蚊子,防不胜防,人类用扇子、蚊香和敌敌畏试图保持距离,没用。夏夜充满蚊子的轰鸣。蚊子拐弯声特别,有金属硬度,夹杂着幽怨与威胁,放大一万倍,估摸就跟火箭追踪目标的呼啸一样。各种蚊香应运而生,可蚊子很快就适应了,甚至像瘾君子,在云雾中飘飘欲仙,发出陶醉般的叹息。当年《北京晚报》有幅漫画:床下放了四个点燃的蚊香,把人熏死了,一只蚊子照样叮在鼻子上。

我手持蝇拍,在罗儿胡同副食店门口,借助一块臭鱼头打苍蝇。打死一只，用竹夹子捏起，放进玻璃瓶，数了数，只完成任务的三分之二，按学校规定，每人每天要打死至少五十只苍蝇。那群苍蝇嗡嗡叫，低空飞行，就像日本的神风特攻队冲向那鱼头，不惜粉身碎骨。

夏天是蛐蛐和蝉的天下。瑞典诗人特朗斯特罗默在诗中这样写道："蟋蟀疯狂地踏着缝纫机。"就是这些小裁缝缝补着我童年的日日夜夜，让我梦魂萦绕。我在护国寺的"百花深处"买了只蛐蛐，放在小瓦罐里，用莩草探子引它开牙，它自以为得胜时振翅高歌。有一天罐子没盖好，蛐蛐不见了，我急得翻箱倒柜，而它一直藏在我家某个角落，疯狂地踏着缝纫机。

小暑后，蝉蛹出土，鸣声四起。蝉，学名金蝉，俗称知了。法布尔在《昆虫记》中写道："蝉翼后的空腔里，带着一种像钹一般的乐器。它还不满足，还要在胸部安置一种响板，以增强声音的强度，蝉为了满足对音乐的嗜好，确实做了很大的牺牲。因为有这种响板，使得生命器官都无处安置，只好把它们压紧到最小的角落里。"其实它们纯粹是噪音制造者。把北京吵得天翻地覆，天越热越来劲儿，让人心烦意乱。我跟楼里的孩子们一起去粘知了。先把面粉淘洗成面筋，置于竹竿顶端，再由

声音

善爬树的攀到大树杈上。被粘住的知了浑身颤抖,不再鼓噪。

一到中秋,知了退出舞台,蝈蝈粉墨登场。卖蝈蝈的小贩出现在街头,不用吆喝,那叫声就是最好的广告。与知了相比,蝈蝈叫声十分悦耳。蝈蝈长得就顺眼,像外星人——蓝脸粉肚紫翅膀。被关在竹篾编的笼子里,它们心满意足,直到唱彻漫天大雪。

四

加入少先队后,我最高只混到小队副(一道杠臂章),这近乎耻辱,连我弟弟都当上中队长(两道杠)。幸运的是我被选为鼓手,让我欣喜若狂。这显然与我热爱的苏联电影《少年鼓手的命运》有关:鼓手谢廖沙的父亲是个工程师,因丢失了机密文件被捕入狱。特务伪装成老红军战士,乘虚而入。最终被谢廖沙识破,勇敢地和敌人展开斗争……

我敲的是那种军乐队小鼓,用皮带斜挎身上,两手各持一鼓槌,白手套白衬衣白长裤外加红领巾——少年鼓手赵振开,多么光荣的称号。敲鼓看似简单,只有内行才知其难度，那鼓点复杂多变而清脆利索，像匹骏马奔驰。我的问题是协调能力差，顾此失彼，倒像是两头拉磨的瘸驴。在谢廖沙精神的引导下，我苦练基本功，平时没鼓槌，我就用铅笔或手指代替，成了魔怔，在课桌上门上玻璃窗上簸箕上，甚至在公共汽车车身上，咚咚哒啦哒啦咚——差不多练了仨礼拜，两头瘸驴总算离开磨盘，但还是磕磕绊绊。

伴随着鼓点声，我紧跟谢廖沙提高了阶级警惕性。我发现满大街都是形迹可疑的人，我们楼简直就是特务大本营。为了鼓手的骄傲，我绝不轻易跟任何潜在的敌人打招呼。有一天，我在护国寺遇见被打成"右派"的庞家大哥，只见他东张西望，神色慌张，肯定是等着与台湾特务接头。我躲在树后，又尾随他穿过胡同。在楼梯上，我发现他的屁股兜鼓囊囊的，八成是手枪……

队列仪式还剩下一周，我练得更苦了，连做梦都在敲鼓。两头瘸驴终于合二为一，小跑起来，但毕竟还不是奔马。

队列仪式那天，待我挎上小鼓整装待发，骤然一阵鼓声，再细听，原来是心跳。一声令下，我和另外三个鼓手敲鼓前进，走向舞台。在舞台阶梯上，我的小鼓从挂钩脱落,砰然落地,引来全场哄堂大笑。我手忙脚乱拾起小鼓,一阵猛擂,把其他小鼓引入歧途,大乱。一个鼓手的命运就此结束。

五

三不老胡同1号正对面是一个小纺织厂,本来没什么动静。只记得十一岁那年,厂内贴出大字报,揭发车间主任耍流氓。我跟楼里的几个孩子混进去看热闹。那时字还认不全,即使认得也不解其意,比如"乳房",让我好生琢磨:这秘密房子,到底藏在人体什么地方?

二十世纪六十年代中期,在"抓革命促生产"的号召下,纺织厂开始扩张,新建的厂房挤压街道,堆满泥沙,骑车走路得绕道而行。厂房把所有天窗打开,等于用一百个高音喇叭向我们喊话。夏天热,一开窗户,在家说话得大叫大喊。每周五厂休,静得反倒让人不知所从,难以入睡,盼着人家赶快开工。这还嫌不够,在纺织机噪音之上,厂里两派组织各自竖起高音喇叭,用更高的频率呼革命口号。

一凡开始学日文,边学边翻译日文资料。他告诉我,噪音是按分贝计算的，按国际标准，这个纺织厂的噪音在90到100分贝以上，轻则听力受损，重则失聪。一凡写了封投诉信，可往哪儿寄？弄不好说你干扰革命大方向。好在失聪的首批牺牲者是小脚侦缉队的老太太们，本来就耳背，这回干脆什么也听不见了：我们放声高歌，朗诵诗文，激烈辩论。噪音成了我们的保护屏障。

"文革"初期一天夜里，我和同学骑车穿过平安里。夜深人静，突然街上出现十几头毛驴，在一个农民驱赶下往西行进。同学告诉我，每天都有这么一群毛驴，半夜从东郊大红门进北京，目的地是动物园。我愣住，问到底干什么。他笑着说，送到那儿就地屠宰，第二天喂虎豹豺狼。此后很久，我一到半夜就辗转反侧，倾听那毛驴凌乱的蹄声。它们一定预感到厄运将至，就像少年鼓手，调整步伐，抱着赴死的决心。

玩具与游戏

在记忆深处,那些玩具早已陈旧褪色,好像它们先我而生,埋伏在我成长的途中。

头一个玩具是铁皮汽艇,在舱内置放一盏小油灯,热能转化成动力,汽艇突突冒烟沿澡盆转圈。与它并存的还有个微型发电机,一转动轮子小灯泡就跟着亮了,忽明忽暗。其实这是我父亲的玩具,为满足他自己未实现的童年夙愿。

在汽艇与发电机后面,一辆辆玻璃汽车熠熠闪光,排成长队。其实那是用来装花花绿绿糖豆的汽车形玻璃瓶,车后备用胎是瓶盖。那汽车代表了甜味消失后有形的渴望,竟无一幸存,毕竟玻璃是易碎的。

我从儿子对武器的热爱看到我自己,看到世代相传的男人的宿命。海明威的《永别了，武器》这一书名中 arms 是双关语：武器与女人怀抱，展示了男人的困境：告别武器也就告别了母爱——他失去包括母性在内的传统对男性的认可。

我的第一个武器是俄式转盘冲锋枪，摇动把手会发出嘎啦嘎啦的响声。一张老照片：我斜挎着冲锋枪，昂首挺胸怒视前方。后来，当海军的表舅送给我一件更珍贵的礼物——左轮手枪。它是铸铁的，有一种真实的重量，外加斜挎的牛皮枪套，持枪者像个团政委。对，我当时就是这样自我定位的。更神奇的是，连扣扳机可击响一条纸带式砸炮，惊心动魄。这军人的礼物，有一种暴力传承的仪式性意义，直到一个偶然事件发生。

那天，我和家人一起来到北海公园，在五龙亭附近的餐厅喝茶。大人聊天时，我挎枪出巡，身先士卒，勘察露营地。来到一片小树林，我和另一个男孩擦肩而过。见我挎枪，他骂了句脏话，愤恨如磁铁把我们吸到一起。在我拔出手枪之前，一把改锥形尖刀已对准我的胸口。他无论年龄和个头儿都比我小，衣衫带补丁，脸生癣，脖子黢黑，显然来自社会底层。

对峙最多只持续了一两分钟，却显得无比漫长，因为时间是以心跳速度行进的。那么近,我能看到他眼中的杀机,胸口似铁锤敲击。最终,我退了一步,转身走开,背后传来胜利者嘿嘿的怪笑。走出树林,回到家人的笑语欢声中,我感到无比委屈,强忍泪水。我知道,作为男人,我必须独吞苦果。于是团政委解甲归田,手枪闲置。

我五舅家有四千金,个个天生丽质,因无子而视我如宝,向我父母提出用女儿交换,未果,只好临时借用。我每逢寒暑假都到舅舅家小住。生活在女孩儿堆里感觉就是不一样,难怪出了个贾宝玉。入乡随俗,我加入到女孩儿的游戏中:编钱包、跳皮筋、跳房子、拽包儿,周围男孩儿们起哄架秧子。这从过家家开始的游戏后来弄假成真,让我暗恋上了玫表姐。

那时五舅家住和平里国家计量局宿舍,出门是田野。夏天,表姐妹带我去采指甲花(学名凤仙花),把桃色花瓣捣成汁,涂在指甲上,一遍一遍让颜色加深。我起初觉得很酷,还展示给人看。

我们常玩的还有"抓(chuǎ)拐"。把羊后腿踝骨四面染成不同颜色,四到八个一组。单手抛出布包或乒乓球时,用同一只手翻转羊拐,排列组合。"抓"是极形象的动词；一把抄过，五指并用，羊拐各就各位。我总是顾此失彼，把表姐妹笑得前仰后合。

假期一过，我又回到男人世界。和女孩儿玩的游戏，跟同伴们连提都不敢提。我同时生活在两个世界中，直到性意识在某个春天的早晨被唤醒。伴随着我对玫表姐的暗恋，我意识到正如近血缘通婚，这两个世界的鸿沟是无法跨越的。

我家离护国寺很近。那里每隔十天半个月就有庙会，卖小吃的、拉洋片的、唱戏的、说书的、耍把式的，应有尽有，是放学后的好去处。护国寺后门有条小街叫"百花深处"，是卖蛐蛐的集市。多数蛐蛐关在竹编暖壶外壳里，底部用纱布罩上。那是些劣等蛐蛐，两三分钱一只，而蛐蛐贵族则独居在泥罐或瓷罐里，叫声都格外响亮。其中有一种三角脑袋的蛐蛐最勇猛，俗称"棺材板"，行市可上至一二十块人民币。对我们来说那简直是天文数字。

在集市边，有那么几个老头儿沿墙根儿而坐，先斗嘴再斗蛐蛐，我们跟着围观。两雄相争，开牙、缠斗、难舍难分，最后胜者振翅鸣叫，败者落荒而逃。主人再用"探子"把败者引回去，连败三次出局。

我和一凡编好铁丝罩，腾出家中小盐罐，而"探子"据说得用黄鼠狼胡须制成，土法上马，找来一种学名葎草的野草，对半劈开反折再向上一捅，露出细细绒毛。待准备工作就绪，再一打听，先吓出一身冷汗：凡天下蛐蛐好汉皆隐于荒郊野外城根坟地。如壮士出征，我们步行数里，支着耳朵，穿过荒草荆丛，翻动砖头瓦砾。于是我们听到蛐蛐声。大喜后发现，很难从声音锁定其方向，犹如环绕式音响，整个旷野都是蛐蛐声，我们陷入蛐蛐的重围，四面楚歌。回到家两手空空，筋疲力尽，而蛐蛐的叫声响彻梦中。

男孩的游戏常含有赌博因素，比如"扇三角"。把空烟盒叠成三角形。比赛时奋力甩出自己的三角，借风力掀翻对方的三角，不仅要落点好，而且得会用巧劲儿。由于我协调能力差，我的三角几乎都归了人家。赛前先验明正身，凡香烟牌子及新旧程度够格才有参赛权。三年困难时期，我那当高级工程师的大姑父享受特供待遇，他不抽烟，父亲每个月弄来他的两条高级香烟，包括"中华"和"牡丹"。我眼巴巴跟在喷云吐雾的父亲身后转，恨不得他一口气把两条烟都抽完。我成了特权的直接受益者。虽说技术不灵，有名牌三角在手，就像攥着一把好牌，引而不发，好在够参赛资格的同类牌子不多，不战不胜不输。

每回路过高尔夫球场总让我想起弹玻璃球，这两项体育运动确有不少共同之处，但要往细说弹球的优势就大多了：首先是弹球因地制宜，随手挖五个小洞，既节能又利于环保；高尔夫球不过多几个洞而已，却为此跑马占地，铺沙栽树，精心护养那羊不啃狗不尿的毒草。其二，弹球经济实惠，几个玻璃球而已，玩的是心跳；而高尔夫球置装买杆交会费，甚至租电瓶车代步外加雇人背杆壮行，纯粹是花钱受罪。其三，弹球平易近人，低头撅腚围着五个小洞乱转，短裤背心甚至光膀子，无拘无束。而打高尔夫的大多数，挺胸收肚，猫步鸭行，还得故作轻松——深呼吸再深些，好不容易浮出商海换口气。

就比赛本身而言弹球更复杂多变，既要把自己的球轮流送进五个洞，还要以攻为守夺路前进。或许比赛结果更重要，弹球赢得的是对手的球本身，有如赢得情人的心。那是多么激动人心的时刻。由于某些技术性障碍未解决，这激动人心的时刻基本与我无关。我弹球的方式俗称"挤豆"，出手无力，还没准头儿。只见高手用食指与拇指关节扣球,单眼吊线,稳准狠,叮当五四横扫天下。

我还发现,男孩子特别迷恋能转的玩意儿,比如"抽陀螺",又称"抽汉奸",恐怕后者来自打日本人的年代。陀螺多是自制的:锯一截铁锨把,用刀削成圆锥形,底端嵌进颗自行车滚珠,平面涂上一圈圈颜色,再把晾衣绳绑在竹竿上,即鞭子。那陀螺确实像汉奸之类的小人般可恶,抽得越狠越顺从,不抽就东摇西晃得意忘形。要不北京男人说:"你丫找抽呢?!"估摸就这么来的。

滚铁环。用钩子套住大铁环,控制平衡与行进的方向。我早年写过一首诗《蓝铁环》,显然与这童年经验有关。铁环那个圆,恐怕是人类关于行走之梦想的最初级形式:加一个圆成自行车,加两个圆成三轮车,加三个圆成汽车,加无数个圆成火车。

抖空竹。那玩意儿看似简单,道数可深了,若按围棋分段,那么九段肯定是杂技演员。两个棍一根绳,在空竹细脖处绕三圈,轻提一边,空竹松套时旋转,徐徐抖动继而加力,空竹发出嗡嗡响声,如疾风过竹林。至高潮处,一张双臂,把空竹抛向空中。后来抖空竹不过瘾,我们开始抖锅盖、茶壶盖。

在男孩儿的游戏中,暴力倾向和冒险精神是潜规则。二十世纪六十年代初,故事片《飞刀华》风靡一时,我们迷上了飞刀。先从铅笔刀开始,趁父母不在家把门戳成蜂窝状;继而改水果刀,用案板当靶子。但毕竟不是"飞刀华"用的那种真刀。有一阵,我跟一凡发疯似的寻刀,上穷碧落下黄泉,总算在一家铁工厂废品堆里"顺走"几把一头沉的锈刀。先在楼门口水泥地霍霍磨刀,把人吓得绕道走,敬鬼神而远之。我们愈发猖狂,支起院中的垃圾箱木盖,相隔二十余米,刀光闪闪,触目惊心。后来听说闹出人命,学校与居委会联合查缴,我们那几把刀被没收了。

一年中最让人盼望的是春节,对男孩儿来说,唯放爆竹最有诱惑力。无论家境如何,总要给点儿压岁钱,男孩儿多半用来买爆竹。爆竹种类真多,可与军队火力相提并论:"小鞭"是子弹,"大鞭"是手榴弹,"炮打灯"是照明弹,"二踢脚"是迫击炮,"冲天炮"是地对空导弹,至于"麻雷子",大概相当于小型战术原子弹。

七岁那年,我首次获准单独出门放鞭炮,激动的心情可想而知。在家先做好准备工作:把一挂鞭炮化整为零,揣进随身口袋;再把上厕所用的草纸搓成卷代替香。那草纸含硝,点燃后散发出呛人烟味,挺好闻的,但要时不时吹吹它,以免熄灭。来到冰天雪地之中,爆竹已星星点点开放,照亮暗夜。点燃头一个鞭炮,在空中抛物线的终点处爆炸,清脆孤单,就像打响总攻的第一枪。

随着年龄增长胆子大了。比如,用两指捏住"二踢脚",点燃捻子,它落地轰响又飞到空中爆炸。还有一种叫"黄烟炮"的特种武器,相当于烟雾弹或毒气弹,释放出的黄色烟雾,遮天蔽日,加上强烈的硫黄味,让人连咳嗽带喘。我和一凡把"黄烟炮"塞到楼里211号马家门缝底下,点燃,撒腿就跑。人家的年夜饭被彻底搅了,到我家告状,父母领着我去赔礼道歉。好在那年头还没有法制观念,否则被人家起诉非得倾家荡产。

1959年春节的那个下午,至今记忆犹新。楼里男孩儿们分成两拨儿打仗,一拨儿固守楼门口,一拨儿借助假山的有利地形发动进攻。"二踢脚"和弹弓发射的大小鞭炮穿梭如织,震耳欲聋。而守方用簸箕作挡箭牌。霎时间,硝烟弥漫,有如一场古老的攻城战,直到天色暗下来,直到父母们的声声呼唤……

此后我们几乎年年演习,似乎为了准备一场真枪实弹的战争。"文化大革命"爆发的那天,我想起那草纸的呛人烟味,以及它正点燃的第一个鞭炮。而"文化大革命"所释放的巨大能量(包括血腥的暴力),正来自那些男孩儿和女孩儿。他们似乎一夜长大成人,卸掉伪装,把玩具与游戏远远抛在身后。

家 具

一

1948年5月,父母在上海结婚后来到北京,先住在东单多福巷,后搬到东交民巷。父亲在中央信托局工作,母亲在家,小日子过得挺红火,这从当时购置的家具就能看得出来:席梦思床、梳妆台、大衣柜和硬木餐桌椅等,带有浓厚的小资情调。

摇篮是我第一个住所,周围的家具又高大又庄严。当我摇摇晃晃离开摇篮,穿过床腿桌腿椅腿,直到有一天踮脚从桌面看到了地平线。

从东交民巷搬到府前街,再搬到阜外大街,最后是三不老胡同1号。在迁徙途中,公用家具像陌生人闯进我们的生活。包括两张写字台,一张深棕色,带三个并排抽屉,一张浅黄色,是那种带文件柜的"一头沉",归父亲使用，锁住全家的最高机密；还有一个书架、两把椅子和两张床。公有财产以不容置疑的军事共产主义相貌，深入家家户户，钉着所属单位的铁皮标牌。父亲每月工资单扣掉的那几分钱，就是租赁费。

公用家具从此扎下根来，带领私有家具一起穿越漫长的过渡时期，我们从中长大。没想到其貌不扬的公用家具如此坚固耐用，显示出顽强的生命力，而带小资情调的私有家具，转眼走向衰败。

首先密谋造反的是席梦思床垫里的弹簧，一个个从麻绳中挣脱出来，东奔西突。且不说睡觉硌腰硌腿，还彻夜吱嘎作响，如同音调不定的破琴。找人上门来修吧，正赶上困难时期，吃喝还没着落呢。

经多方打听，据说有家小工厂收购弹簧，每只五块钱。父亲大喜过望，利用周末拆下弹簧，换上木板。总共二十八个弹簧，按黑市价，一只弹簧正好换棵白菜。从单位借来三轮车，他乘兴而去，败兴而归，原来信息有误，全部弹簧只值五块钱。只好把弹簧堆在阳台上，风吹雨淋生了锈，最后卖给隔壁废品收购站，换来几块水果糖，分给我们兄妹仨。

紧接着是四把餐椅的弹簧遥相呼应——或许跟席梦

思床是同一厂家造的,到了使用期限。父亲找来五合板,连锯带钉,平息了一场叛乱。虽说五合板不怎么顺眼,但坐在上面踏实。还没来得及刷漆就赶上"文革",椅面一直裸着,而岁月按屁股的大致形状涂上暗色。

二

作为长子,我自幼学会干家务活儿,帮钱阿姨择菜洗碗生火打扫厨房。让我困惑的是,那个旧餐具柜的玻璃拉门怎么擦洗都没用,湿布抹过有些透亮,可水渍一干就又乌了。我总想让父母下了班站在餐具柜前感到惊喜,甚至用肥皂水和去污粉一遍遍擦洗,均以失败告终。这严重影响了我的心情。后来才知道这叫乌玻璃,就是为了遮蔽用的。很多年,我的心情就像这乌玻璃,怎么擦洗都没用。

上到初一,我终于有了自己带锁的抽屉,那感觉真好——我有了自己的秘密。我早年写下这样的诗句:"用抽屉锁住自己的秘密,／在喜爱的书上留下批语。"写的正是这狂喜。在我锁住的抽屉里,有攒下的零花钱、笔记本、成绩单、贺年卡和小说处女作,还有一张我暗恋上的表姐的照片,其实只不过是北海公园九龙壁前家人的合影。

家具居然和人一样生老病死。我上初中,它们突然老了——五斗柜内掌折断,抽屉打开关不上;书架摇晃,承受不住经典著作的重量;椅子吱嘎作响,抱怨自己和人的命运;覆盖餐桌的厚玻璃破碎,像分裂的国家。父亲用胶布黏结,但胶布很快就失效了,还发出一股馊味。

塑胶贴面的出现具有革命性的意义,父亲是最早领悟到这一点的人,而遍及全国的装修运动还远在地平线以下。一天,他从五金店买回几块塑胶贴面边角料,屎黄色,估计那是降价的原因。他用乳胶把四条边角料对接,用经典著作和瓶瓶罐罐压在上面,几个小时后试验成功了。塑胶贴面远比玻璃经久耐用。父亲十分得意,愈发不可收拾,买来更多的塑胶贴面边角料,五斗柜、餐具柜、床头柜、桌面,几乎全都被覆盖了。

父亲花二十五块钱,从郑方龙家引进了一个牛皮的单人沙发,大而无当,和现有的公私家具不成比例,如蜷缩的巨人,卡在衣橱和父母的床之间。这笔交易是可疑的:没过多久,一只弹簧从皮垫正中伸展出来,仿佛怒放的牵牛花,躲都躲不开,其他弹簧也纷纷探出头来,此起彼伏。包沙发的厚牛皮也开始脱落,像正在剥皮的大橘子。

梳妆台几乎成了我家唯一多余的家具,它肯定诞生在我之前。在大镜子两侧各有一小柜,其间是玻璃通道,像长方形鱼缸,上面的玻璃盖早就打碎了,而梳妆凳也不翼而飞。大镜子因年久变得模糊,像遗忘症,记住的恐怕只有母亲的青春。它背对时代,它的存在让我不安,让我羞惭,尤其在"文革"期间,它差不多就是罪证。

父母去了干校。赶上工休,我借来三轮板车,把梳妆台拉到东单旧货店,卖了三十块钱,如释重负。我用这笔钱请哥们儿在"老莫"(莫斯科餐厅)搓了一顿,纪念我们转瞬即逝的青春。

三

父母从干校回来,家里恢复了以往的生活秩序。而家具已像醉汉那样东倒西歪,除了修理加固,父亲继续用塑胶贴面到处打补丁。

我家买来全楼第一台九英寸黑白电视机(除了"民进"秘书长家外),引发了一场静悄悄的娱乐革命。电视机放在外屋靠北墙五斗柜塑胶贴面的正中央，取代了毛主席半身石膏像。赶上放电影，邻居们拎着板凳马扎蜂拥进来。那是集体共享的快乐时光。随着各家也纷纷添置了电视机，家里冷静下来。

电视在改变我们的生活方式，首先是观看姿势，在椅子上坐久了腰酸背疼，于是挪到床上，以棉被为依托。正当脖颈僵硬脊椎扭曲之时，小曲出现了。他住6号楼，是市政公司工人，夫人是电车售票员。他那典型的蒙古脸上总笑呵呵的，眯缝着眼，好似透过风沙看到绿洲。他说时代变了，看电视就得坐沙发，提议帮我家打一对。我们参观了他自制的简易沙发，既舒适又成本低。那是全国人民共用减法的年代，一改成加法，竟让我和父亲都有点儿晕眩。

我跟小曲到新街口五金店买来扁担、弹簧、麻绳、帆布及大小零碎。每天晚上小曲下了班就过来。虽说都是苦力的干活，可人家心灵手巧，我只能打打下手。他单眼吊线，用锯把扁担剖成两半，刨平后用砂纸打磨，罩上三遍无色清漆；待薄如蝉翼的清漆干透，用长螺丝钉和乳胶固定，纵横交错，构成基本框架，接下来用麻绳把弹簧层层绑紧，蒙上帆布，再用鲜艳的浴巾盖在上面。

他还顺手打了个茶几，放在两个沙发中间。

坐上简易沙发，不知怎的，竟会顿生贪生怕死的念头，如坐在龙椅上的君王。当然好处多，待客用不着像开会，既体面又有距离，关键是，我们与电视的关系变了，看来沙发与电视是现代生活中的对应物，不可或缺。那些家有电视的邻居纷纷来取经，这下可忙坏了小曲，他乐此不疲。由简易沙发带动的新浪潮，与电视一起改变全楼的生活方式。

四

自打认识林大中那天起，我就更加自卑，虽说他贩卖的主要是十九世纪俄国文艺理论。他口若悬河，词句随吞吐的烟雾沉浮。他穷时抽"大炮"，富时抽雪茄。有一阵，西单商场卖古巴雪茄"罗密欧与朱丽叶"——那种金属筒装的高档名牌，每支仅一元。估摸是古巴输出革命战略的一部分。林大中叼上古巴雪茄，更加云山雾罩。

一天晚上在我家，他戴上别林斯基的面具，抽着"罗密欧与朱丽叶"宣布，无论以美学还是以自由的名义，我家那些破烂家具早就该统统扔掉。他用一个优雅的手势平息了我的暴怒，指出要想力挽家族的颓势，出路只有一条，那就是打造一个书柜。我刚一指那摇摇欲坠的书架，被一个坚定的手势制止。"我说的是体面的书柜，带玻璃拉门具有现代形式感的那种，那才代表知识的尊严。"他说。

被他说服了，我继而说服了父母。我家有几块厚木料，堆在过道，正好派上用场。林大中开始画图纸，量木料，但他事先声明，他是设计师，必须得找小工干活。那年头哥们儿有的是闲人有的是，打架盖房做家具，随叫随到。我找来孙俊世和李三元。孙中等身材，还算结实，李人高马大，一米九三，都是同一"沙龙"的哥们儿。林大中把图纸交代下来，抽着"大炮"转身消失了。

每天上午十点半左右，二位来我家上班。先沏茶伺候，开聊，他们正在同读原文版的《动物农场》。十一点多钟才起身开工。第一步是要把木料锯成八厘米厚的木板。我跟着把木料搬到大院，绑在一棵树上，哥儿俩拉开大锯，边锯边聊，从"所有动物都是同志"聊起，转眼已到中午。我赶紧下面条炒菜，备上"二锅头"。二位胃口特别大，尤其李三元，能顶三个人的饭量。孙一喝酒，白脸变红脸。聊到"所有动物生来平等，但有些动物比其他动物更平等"时，已下午三点多了，接茬儿干活。天擦黑前再喝两回茶。晚饭自然要多备几个下酒菜，当聊到"四条腿好，两条腿坏"时，孙的脸膛已由红变紫。

林大中以监工身份偶尔露露面，时而抽雪茄时而抽"大炮"。他指出《动物农场》冷战背景中的意识形态问题后，又没影儿了。

这些木板大约锯了半个多月，我们家眼看快破产了——副食本上所有配给都用光了，油瓶也见底了，但工程似乎遥遥无期。母亲开始忧心忡忡，林大中安慰她说，现在已进入最后的工序。

那天，林大中带来一卷深褐色木纹纸，他挽起袖子，刷上乳胶，把一张张木纹纸贴好，再罩上清漆。第二天在他的监督指挥下，书柜终于组装好，安上玻璃，堂堂正正立在那里。我们为知识的尊严干杯。

谁知道，这现代书柜竟以最快的速度衰亡：木纹纸起泡翘起，木板受潮变形，玻璃拉门卡住——面目皆非，功能也随之发生变化，书被杂物鞋帽取代，最后搬进厨房，装满锅碗瓢盆。不过这书柜在辗转漂泊中经住考验，一直坚持到全国人民改用乘法的年代。

唱　片

二十世纪六十年代初,父亲花了四百多元人民币,买来牡丹牌收音机和电唱机。尤其那台电唱机,无疑集当时高科技之大成:四种速度选择、自动停放及速度检测调节系统。在我的想象中,音乐是从红红绿绿的指示灯中流出来的,淹没了我们,生活变得透明,好像住在玻璃房子中。

要说父亲并不怎么懂音乐,这件事多少反映了他性格中的浪漫成分和对现代技术的迷恋,与一个阴郁的时代形成强烈反差——那时候人正挨饿,忙着糊口,闲着的耳朵显得多余。父亲还买来几张唱片,其中有施特劳斯的《蓝色多瑙河》。记得刚刚安装好收音机和电唱机,父母在《蓝色多瑙河》伴奏下跳起舞来,让我着实吃了一惊。

《蓝色多瑙河》是一张33转小唱片，在以多瑙河畔为背景的蓝色封套上印着俄文，估计是苏联某交响乐队演奏的。这就是我西方古典音乐的启蒙教育，像孩子尝到的头一块糖。直到多年后我去了维也纳，被施特劳斯圆舞曲以及奥地利甜食倒了胃。

"文化大革命"来了。不知怎么回事，那场风暴总让我想到黑色唱片。时代不同了，这回轮到嘴巴闲着，耳朵竖了起来。我把刺耳的高音喇叭关在窗外，调低音量，放上我喜欢的唱片。

1969年年初，比我高一级的中学同学大理把《蓝色多瑙河》借走，带到他落户的内蒙古大青山脚下的河套地区。同年秋天，我去中蒙边界的建设兵团看我弟弟。回京途中在土左旗下火车，拜访大理及其他同学，在村里住了两天。他们与夕阳同归，肩扛锄头，腰扎草绳，一片欢声笑语。回到知青点，大理先放上《蓝色多瑙河》。这奥匈帝国王公贵族社交的优雅旋律，与呛人的炊烟一起在中国北方农舍的房梁上缠绕。多年后，大理迁回北京，那张唱片不知去向。

记忆中的第二张是柴可夫斯基《意大利随想曲》，哥伦比亚公司78转黑色胶木唱片。七十年代初，我和一凡、康成等人常在我家聚会，如同围住火堆用背部抗拒寒风。在这书籍与音乐构筑的沙龙中，有偷尝禁果的喜悦，有女人带来的浪漫事件，那是我们写作的开始，每个人既是作者又是读者兼评论家。那些早期作品，无疑浸染着重复了千百次的音乐。

那是一种仪式：拉上厚重的窗帘，斟满酒杯，点燃香烟，让音乐带我们突破夜的重围，向远方行进。由于听的遍数太多，唱针先要穿过尘世般喧闹的噪音区再进入辉煌的主题。短促的停顿。康成用手势加强语气，开始阐释第二乐章："黎明时分，一小队旅游者穿过古罗马的废墟……"夜深了，曲终人不散，东倒西歪睡去，而唱针在乐曲结尾处吱啦吱啦地不停滑动。

一凡在家洗照片，红灯及曝光被误以为特务信号，引来警察搜查，倒霉的是所有唱片被没收，包括《意大利随想曲》。那小队旅行者进入暗夜般的档案，永世不得翻身。

第三张是帕格尼尼第四小提琴协奏曲。这张33转密纹的德意志唱片公司的唱片，是我姑夫出国演出时带回来的。他一直在中央乐团吹长笛，直到前几年退休。

一说起那次在欧洲巡回演出的经历，他不禁手舞足蹈。特别是中国古装戏法把维也纳镇了：魔术师先从长袍马褂里变出一舞台的火盆鸽子鲜花彩带，最后灵机一动，翻了个跟头，把闲置在一边的京戏大鼓给变了出来。静默片刻，全场掌声雷动。而这段趣闻，由于叙述与联想的错位，让我把帕格尼尼的唱片跟中国古装戏法连在一起，好像也是魔术的一部分。

"文革"期间他下干校，那几张好唱片总让我惦记，自然包括这张帕格尼尼，特别是封套上标明的"立体声"让人肃然起敬，那时谁家也没有立体声设备。毫无疑问，单声道的音响造就了单声道的耳朵，而单声道的耳朵又构成我们独特的倾听世界的方式。每次借这张唱片，姑夫总是狐疑地盯着我，最后再叮嘱一遍：千万不要转借。

记得头一次试听，大家被帕格尼尼的激情弄得有点儿晕眩。正自学德文的康成，逐字逐句把唱片封套的文字说明翻译过来。当那奔放激昂的主旋律再次响起，他挥着手臂，好像在指挥小提琴家及其乐队。"多像一只风中的鸟，冲向天空，爬升到新的高度，又掉下来，但它多么不屈不挠，向上，再向上……"

在我们沙龙,一切财产属于大家,不存在什么转借不转借的问题。顺理成章,这张唱片让康成装进书包,骑车带回家去了。

一天早上我来到月坛北街的铁道部宿舍。我突然发现,在康成和他弟弟住的二层楼的小屋窗口,有警察的身影晃动。出事了,我头上冒汗脊背发冷。我马上通知一凡和其他朋友,商量对策。而我们的第一反应是书信文字出了问题,各种假设与对策应运而生。那是1975年的初夏,那一天显得如此漫长。

傍晚时分,康成戴着个大口罩神秘地出现在我家。

原来这一切与帕格尼尼有关。师大女附中某某的男朋友某某是个干部子弟,在他们沙龙也流传着同样一张唱片,有一天突然不见了。他们听说某某在康成家见过,断言就是他偷走的。他们一大早手持凶器找上门来。康成的奶奶开门,他们推开老太太冲进房间时,哥儿俩正在昏睡。先是酱油瓶醋瓶横飞,然后短兵相接。由于"小脚侦缉队"及时报案,警察赶到现场,不管青红皂白先把人拘了再说。帕格尼尼毕竟不是反革命首领,那几个人因"扰乱治安"被关了几天,写检查了事。

帕格尼尼怎么也不会想到,他的音乐将以一种特殊的物质形式得以保存复制流传,并在流传中出现问题:大约在他身后两百年,几个中国青年人为此有过一场血腥的斗殴。而更不可思议的是,这两张完全一样的唱片是通过何种渠道进入密封的中国的,又是如何在两个地下沙龙搅动青春热血,最终交汇在一起,这肯定与魔术有关。

钓　鱼

第一次钓鱼时我十一二岁。头天下了课，我忙活了一下午。钓鱼工具是自制的：妈妈晾衣服的竹棍当鱼竿，缝衣针弯成鱼钩，一小截铅笔做浮漂。趁妈妈没注意，我最后往做钓饵的面团揉进几滴香油。一夜难眠，早起，我扛上鱼竿，向德胜门护城河进发。

北京有句老话说："先有德胜门，后有北京城。"德胜门在元大都时叫健德门。1368年，徐达率十万大军破城而入，元顺帝从健德门逃跑，遂改称得胜门。明成祖朱棣号称以德治天下，再改为"德胜门"。1420年宰相刘伯温重建北京城，元大都北城墙南移两公里，修了城门和瓮城，扩展了护城河，廓清此后近六百年北京的城貌。北京内城有九个城门，各有各的用途，德胜门是专走兵车的。1644年，李自成在德胜门外打败明军，破城而入，崇祯皇帝在煤山自缢。

从二十世纪初起，随帝制消亡和现代交通的需要，北京城门楼和城墙一拆再拆，所剩无几。德胜门也越拆越小，仅有箭楼幸存。六十年代初的德胜门，周围城墙依在，但破败残缺，荒草瑟瑟。护城河从箭楼前流过。都市与农村以城墙为界，出了德胜门就是北郊，一片荒凉。在传说中，那是孤魂野鬼出没的地方。

从我家住的三不老胡同，沿德内大街到德胜门，大约三公里，按一个十岁出头的孩子的平均速度，要走一个来钟头。德内大街很窄，只够两辆汽车对开错车。14路公共汽车经过这里，终点就是德胜门。那老式公共汽车在这街上显得有点儿蛮横，震得门窗玻璃哗哗响，喷吐出的一股股黑烟，瞬间被没有遮拦的蓝天吸附。

那时主要的运输工具是骡车、马车、平板三轮车。黎明时分醒来，我能听见清脆的马蹄声，由远到近，再由近到远。如果说那年头有什么能代表北京的节奏，就是这马蹄声。

而德内大街行至厂桥十字路口处是个大陡坡，多少改变了这节奏。下坡的车把式要事先勒勒缰绳，骡马收紧步调，马蹄铁在柏油路上打滑；而上坡的要挥鞭吆喝，甚至跳下车来助威。有一天，为了向雷锋叔叔学习，我帮一个蹬平板三轮车的师傅奋力推车，再把全部零钱买了四个火烧送给他，弄得人家莫名其妙。事后我以日记形式写成作文，获得老师表扬。

让我们还是回到那个钓鱼的早上。到了目的地我已微微出汗。护城河正值枯水期，水面不过十来米宽，呈黄绿色，浑浊腥臭。我在残败的石桥下坐定，甩出鱼钩。

其实对多数爱好者来说，钓鱼是一种形而上的体育运动：体力消耗量基本等于零，运动的主要形式是冥想，最终目的是修身养性。"姜太公钓鱼——愿者上钩"则不属于此列。他垂钓的方式特别：直钩无饵，离水三尺。正如姜太公所说的，他钓的不是鱼，而是圣君。

我在桥下开始坐立不安，担心鱼多饵少，争抢的局面难以应付。这担心显然是多余的——连一次咬钩的机会都没有。在鱼线附近，鱼群大摇大摆地游动，吐出一串串泡沫。涟漪交叠，如有形的回声碰撞在一起。我开始心疼我家的香油。

毒日当空，浮漂在其倒影中团团转，晃得睁不开眼。腥臭的水蒸气升腾，向四周弥漫。我浑身燥热，嗓子冒烟。忽然间，一条小鱼向岸边漂来，离我如此之近，几乎唾手可得。我急中生智，随手找到一块硬纸板去抄它。一旦意识到危险，它摆摆尾巴向水流中心游去。坐失良机，我懊丧极了。

而这条鱼又奇迹般漂了回来。它随波逐流，似乎被一股神秘的力量带向岸边。看来大概是病了，或昏睡不醒，只有等纸板接近时它才懒洋洋游走。我从懊丧到愤怒，随而转向冷静。待再次出现，我计算好提前量，选取角度，终于从后面一下把它抄起来。我的心咯噔下沉，发出胜利者的呼喊。

那条小鱼约莫三寸长，黑黝黝滑腻腻，在纸板留下的水痕扩展开来。它好像躺在床上，不挣扎不蹦跶，两腮翕动。那凯旋的喜悦骤减，让我惊奇的是我对猎物的冷漠。它似乎也在观察我，那鱼眼中也有一种冷漠，似乎是对渔夫生杀大权的冷漠。时间在对视中溜走。它死了。

我忘了带饮用水和干粮，这时才感到饥肠辘辘，口干舌燥。日影西斜，我收拾渔具。出于好奇，我掀翻坐过的石头，背阴面竟有十几条盘缠在一起的褐色蚂蟥，在阳光下游散。我吓得一身冷汗，狼狈逃窜。

回家路上，我把鱼挂在钩上，扛着鱼竿，昂首挺胸穿过大街小巷,自以为成了全世界注视的目标。我的影子投在墙上,那鱼竿比我高两倍,挂在细线顶端的小鱼在摇晃。炊烟与晚霞一起如旗帜飘扬,向我致意。

到了家,妈妈惊叫道:儿子你真有出息,居然钓到这么条大鱼。那正是饥荒时期。她下厨房忙碌。享有胜利者的慵懒,我靠在桌边几乎睡着了。直到妈妈端来大盘子,中间那小鱼只有铅笔头般大小,金黄脆亮。我先是一愣,随后一口把它吞吃了。

游　泳

一

我八岁开始学游泳。除了打乒乓球,那是当年最时髦的体育运动。天一热,几乎所有孩子都拥向水边。与其说游泳,不如说是集洗澡避暑娱乐社交之大成。

离我家最近的是什刹海游泳场。我和同学邻居结伴出发,步行半小时,头顶烈日,晒得发蔫儿。一里开外,那阵阵喧哗的声浪,伴随着尿臊、漂白粉和来苏水的混合气息迎面扑来,让人热血沸腾。而回家路上则步履蹒跚,头顶湿游泳裤,好像影子在地上游泳。赶上菜站处理烂西红柿,五分钱买半筐,染得满身满脸都是,到路边水龙头冲洗,再灌一肚子凉水。

我先在蘑菇池模仿自由泳,两手轮流划水撑地,双脚打水,但原地不动。从蘑菇池眺望水深火热的成人世界：危险的动作、夸张的声调和疯狂的竞技状态，就像打仗。

进而在家用脸盆练憋气。看一眼闹钟，深吸气，把头埋进水中，咕咕吐泡，憋不住时猛抬头。与同伴比赛，憋的时间越来越长，但呼哧带喘，面目狰狞，紫茄子一般。除了憋气，还练水下睁眼，好像全得了红眼病。人要学会鱼的本事，非得逆向穿越亿万年的进化过程。

从脸盆到游泳池，世界大了，难度也大了。练憋气弄不好咕咚一口，别提多腻味了——有人在游泳池撒尿。可谁要没多喝几口水，咋能学会鱼的本事？我从蘑菇池进练习池，双臂倒钩排水槽，屏住呼吸，猫腰沉入水中，猛蹬池壁，一口气扑腾七八米远。

喝水喝多了，技术上总算有些长进：不会换气，于是把头露出水面，手脚并用游上二三十米。艺高人胆大，我跟同伴到后海游野泳。所谓野泳，指的是江河湖海广阔天地，首先是免费，再就是无救生措施除非自救。后海是穷孩子游野泳的天堂，无人管束，还能钓鱼捉虾摸蛤蜊。人家孩子扔水里不仅扑腾扑腾活下来，还个个如鱼得水，晒得跟小黑人似的，只有牙齿眼珠是白的。虽混不进人家行列，能跟着浪迹江湖就心满意足了。

《北京晚报》常有淹死人的报道,对我等水鬼毫无阻吓作用。后海水不深,即使没顶,只要会踩水就不怕。最难的是摸蛤蜊那样的绝活儿。只见人家纵身一跃,脚丫倒翻连蹬两下就没影儿了,仅一串细碎水泡透露行踪,待冲天而起,手里紧握一个大蛤蜊。我也尝试过,均以失败告终:一手捏鼻子,弓背撅腚,双脚抽风般乱踹,而身体就像横木原地打转。在水下更是睁眼瞎,只看见自己吐的水泡,别说摸蛤蜊,就连抓把淤泥都没门儿。

二

我向更广阔的水域进军。

十岁那年暑假,我和同学一起来到颐和园。那是个风平浪静的日子。我们先租了两条船,互相追赶,浑身被汗水浸透。在文昌阁码头还船上岸,就近下水。那临时游泳场有简易更衣室,还用木牌标明水位及安全区。

离开石堤,我用脚尖试探深浅。湖底是淤泥和尖利的石头。淤泥滑腻腻的,塞满脚趾缝黏住脚底板; 暗流涌动,泥鳅般在裤裆钻来钻去。水漫胸口,我开始向前游去,一到木牌警戒线就往回返。在岸边喘口气,和同学打招呼。肚子饿了，上岸到小卖部买东西，吃饱喝足再下水。

越游胆儿越大，我离开安全区。岸上人影越来越小，天地间沉寂下来，只有风声水声和我的喘息。阳光灿烂，云朵舒卷。那突如其来的孤独，让人又紧张又着迷。

有渡船驶过，一个大浪打过来，铺天盖地，我被骤然卷到水下，一连灌了好几口水。悬浮在中间——下够不到湖底，上蹿不出水面。天空黯淡，旋涡中是浑浊的太阳。窒息让我浑身无力头脑清醒，就在那一瞬间，晚饭、书包、父母、家养的兔子……闪念聚拢散开，像礼花般灿然开放，而我正和这一切告别——死亡意识让我震惊，顿时转化成求生的动力。我拼命扑腾，终于浮出水面，但由于剧烈呛咳失去平衡，上下沉浮，又喝了好几口水。

再次浮出水面，我抡开双臂向岸边扑腾过去。那姿势回想起来，很像孩子打架用的"王八拳"。直到脚尖够到湖底，我尽力站稳，把肺里的积水咳出来。爬上岸，浑身瘫软，坐在一块石头上。环顾四周，同学们在水中追逐嬉戏，并没有人注意到我。生活在继续。夕阳西下，就要落进群山中，这和水下看到的是同一个太阳。

我没有告诉同学，当然也没有告诉家人。那是我第一次死亡经验，无法与他人分享。

三

我头一次见到凯非表哥，肯定是个星期天，因为只有星期天他才能请假出门。那年我十三岁左右。我们先在他舅舅（也是我堂伯父）家吃午饭，然后一起去陶然亭游泳池。表哥总是低着头，沉默寡言。这是我们第一次见面。

表哥是红旗中学的学生。这所带有劳教性质的学校挺出名，是老师、家长威胁孩子的口头禅。无论如何，父亲还是鼓励我们见面，毕竟是表兄弟嘛。至于表哥干过啥，亲戚全都讳莫如深。其实对孩子来说，根本没有成人世界的道德感，凡是禁忌非法异端的，都让他们好奇，甚至持有天然的敬意。

从东交民巷出发，我们乘6路无轨电车去陶然亭游泳场，一路几乎没说话。表哥大我三岁，他身材不高但结实，皮肤黝黑，喉结上下翻滚——那是进入成年的标志。而我尚未发育，与他相比，就像只瘦骨伶仃的柴鸡。

沿售票处铁栏杆排队，我们欲言又止，相视而笑。轮到我们，各自掏钱买门票。他在入口处买了两根冰棍，一根给我，我想说谢谢，他用手势止住我。从更衣室来到游泳场，阳光炫目，众声喧哗，天空摇晃了一下——我在湿地上差点儿摔跤。表哥扶了我一把，他的手臂强壮有力。

他扭腰抻腿做完准备动作，纵身跃进游泳池。他的自由泳动作简洁明快，脚下水花很小，像个专业运动员。我目瞪口呆，只有惊羡的份儿。

我们上岸休息，趴在滚烫的水泥地上。一颗颗黑色水珠从他的臂膀滚落，在粗糙的地面洇成一片。我说了句赞美的话，被周围的喧嚣淹没，本想重复，见他若有所思的样子，赶紧闭嘴。他生活在一个封闭的世界，不让他人进入。

阳光在缓缓移动，波光耀眼，反衬着剪纸般的人影。表哥站起来，朝铁网围住的深水池走去。深水池清澈碧蓝，人很少，救生员戴墨镜坐在高凳上。表哥先走上三米跳台，在木跳板尽头跳了两下跃起，展开双臂再收拢，扎进水中。从蓝色泡沫中浮起，他沿扶梯上岸，再爬上高高的十米跳台。他并不急于跳水，而是从高处眺望远方。

归来时他笑容依旧，但心不在焉，目光有如盲人。我无法让他看见我，这让我很伤心。那天我们总共没说十句话，分手时甚至没说再见。那是我们第一次也是最后一次见面。

四

我开始注意那些女孩儿，特别是发育中的少女。在禁欲的时代，游泳池是人体最暴露的公共场所。我常趴在水泥地上，头枕胳膊假装打瞌睡，窥视那优美而神秘的曲线。我暗自感叹，人间竟有如此造物，以前咋熟视无睹？

由于池小人多，常和陌生女孩子在游泳时相撞，无意触碰到胸部或大腿，竟有过电的感觉。绝大多数情况相安无事，但也有个别刁钻的，张口就骂："德行，臭流氓！"遇此麻烦，往往非得先冒充流氓，恶语相向，才能证明自己不是流氓。游泳场确有流氓事件发生。起初是小骚动，很快围得水泄不通，人群中少不了起哄架秧子的，最后肇事者被扭送派出所。想必是人赃俱在。

所有体育运动,其实都有潜在的性动力因素。在我暗恋的表姐和陌生少女们注视下,我的游泳技术突飞猛进。而最高理想是,要像表哥那样大摇大摆进入深水池,并登高远望。

代表游泳场最高特权的深水池,有北冰洋冰川的纯蓝与低温。入口处有木牌标明水温——今日11度,让我想起北冰洋牌高级冰棍。而我们芸芸众生蹚的浑水,不仅颜色难以描述,更甭提温度了。由于水浅人多更换少,水温总超过体温,跟泡澡堂子差不多。

然而享有纯蓝与低温的特权,必须通过二百米游泳考核。我加大训练强度,加班加点,甚至赶晚间专场。要想突破二百米大关,关键是如何克服头五十米出现的"假疲劳状态"。晚场的好处是,人少游得开,精力集中。每次抬头换气看到的是一串灯光,像一串珍珠——属于你爱或你将要爱的人。

苍天在上,我终于通过考核,得到了深水合格证,缝在游泳裤最显眼的地方。

那天下午,我大摇大摆走进深水池。就在那一刻,我相信所有在场女孩儿的目光如同聚光灯,聚集在我身上。一不留神,我排队跟着上了十米跳台。我晕高,不敢往下看，就更别说极目远眺了。待走到跳台上心乱如麻，但已无路可退，我只好捏住鼻子笔直蹦下去。砰然一声，惊涛骇浪先狠拍我再覆盖我。那冰水如针，让我头皮发麻，浑身刺痛。待沿扶梯爬上岸，我半身红肿，像虾米直不起腰，且哆嗦不止。什么都好说，但要止住哆嗦不可能。我唯有祈求那紧追我的聚光灯立马关上。

养兔子

一

一天,楼下来了个挑担的农民,头戴破草帽,高一声低一声吆喝,招来不少孩子围观。我随父亲路过,凑近一看,担子两头的多层竹屉里,竟是一簇簇刚孵出来的小鸡,黄灿灿毛茸茸的,让人心痒痒。在我纠缠下,父亲上楼取来纸箱,买下六七只。回家,他用剪刀在纸箱上戳些小洞透气,便成了临时鸡窝。

那纤声细语让人牵肠挂肚。我放学回家冲向纸箱,先看后摸,再用双手捧起其中一只。小鸡用爪子钩住手指,瑟瑟发抖,阵阵哀鸣。不禁让我有一丝快感。

从二十世纪五十年代末起,粮食日渐紧张,只能把白菜帮剁碎当鸡食。鸡嗉子鼓胀起来,转瞬化作灰绿色稀屎,招来无数苍蝇。转眼成明日黄花——秃顶脱毛,浑身脏兮兮，脚趾尖利。我们身后的成人世界早有打算：母鸡下蛋、公鸡食肉。可离那目标尚远，它们因一场瘟病相继死去。

相比之下，养蚕要单纯得多——总不能指望吐丝纺纱织布吧？首先成本低，一只空鞋盒，几片桑叶铺垫足矣。蚕宝宝小得像米虫。所谓"蚕食"，肉眼难以察觉，只留下点点黑粪。就身体比例而言，蚕宝宝的成长速度和食量都是惊人的。桑叶紧缺，方圆数里的桑树几乎全秃了，只剩下梢头几片孤叶。我晕高。"春蚕到死丝方尽"，可我的春蚕还没吐丝就死了——也好，我怕蛾子，否则那破茧而出的是我的噩梦。

养金鱼最容易——耐饿，十天半个月不喂食没事儿。唯一的麻烦是定时换水，那倒也是乐趣：把鱼缸搬到水池中，用笊篱一条条捞出，放进碗里，看它们大口喘息，怀着孩子天生的恶意。金鱼的生活完全透明。让我纳闷，是金鱼装饰我们的生活，还是我们装饰它们的生活？

二

我正发育的身体被大饥荒唤醒，惶惶不可终日。人们都在谈吃，谈的是存活之道。连毛主席也发表指示："按人定量，忙时多吃，闲时少吃，忙时吃干，闲时吃稀，不忙不闲，半干半稀，杂以番薯、青菜、萝卜、瓜豆、芋头之类。"学校减少课时，停掉体育课，老师劝大家节省体能，少动多躺，晚饭后就上床睡觉。亲友做客自备粮票，饭后结算。相关的发明应运而生：用各种容器养小球藻；把淘米水积存下来，每月可多得两三斤沉淀物——与其说是米粉，不如说是沙尘杂质之类。楼下沐家实行黄豆均分制，按颗计算。小京和他哥各分一千五百颗，哥儿俩用弹球赌黄豆，我们围观，这生存之战实在惊心动魄……

官园有个露天农贸市场，其实就是黑市。那里物价贵得吓人：一棵白菜五块，一条鱼二十，一只母鸡三十多，却成了周末全家出游的去处。父亲偶尔买只减价的瘟鸡，回家磨刀霍霍，被追杀的瘟鸡满屋狂飞，一地鸡毛。瘟鸡终于进了锅，炖汤红烧，最后连鸡肋都被啃得玲珑剔透。

某个冬日下午，父亲带我和弟弟来到官园农贸市场，沿一排排摊位转悠。只见几只小灰兔蜷在一起取暖，嘴唇翕动，红眼闪亮，让人爱不释手。我俩向父亲苦苦哀求。他踌躇着，跟握烟袋的小贩对着抽烟，讨价还价，最后花二十块买下一公一母。

到了家，两只兔子从书包里放出来，东闻闻西嗅嗅。我们跟着连蹦带跳，比兔子还欢。

父亲找来一个旧木箱和几块破木板，吱吱嘎嘎拉锯，叮叮当当敲打，终于把旧木箱改成现代化的兔舍：斜屋顶，木板从中隔成两层，有木梯勾连，铁丝网罩住木箱裸面，右下角开一小门，带挂钩。兔子在楼下玩耍就餐如厕，楼上安寝。兔舍就安置在阳台上。

兔子胃口极大，好像永远也吃不够，无论什么，都一律转化成黑豆般的粪便。我和弟弟只好背着口袋出门，先在大院里，继而向外延伸，从后海沿岸到紫竹院公园。在田野实践中，我们意外发现除了杂草，多数野菜人类均可食用，有的甚至是美味。看来人和兔子差不多，处在同一生存的起跑线上。

一天下午，我和楼下的庞邦殿——比我小一两岁的男孩儿，为了改变我家兔子和他家母鸡的生存状况，决定大干一场。我们用铁丝做成钩耙，从 1 号楼的垃圾箱动手，一直搜到 8 号楼的垃圾箱。太阳紧追着我们的屁股，越过头顶，再翻到大楼后面。从八个垃圾箱中，我们总共捡到一百四十六个白菜头，战果辉煌。所谓白菜头，是北京人吃大白菜必先切除的根部，我们打算用来喂兔子。

在 8 号楼门口的昏暗灯光下，我们平分着白菜头，每人共得七十三个，装满两个水泥袋，无比兴奋，面如母鸡般通红，步如兔子般敏捷。

晚上 9 点我回到家，直奔厨房，把白菜头浸泡在水池里，一边刷洗一边跟父母讲述经过。他们却用异样的眼神看着我。他们认为，在地球的食物链中还是有高低之分。不由分说，他们接替我的工作，把洗净的白菜头放进锅里，用清水煮烂，再对半切开，蘸着酱油，啃咬较嫩的中心部分，咂巴咂巴，大赞美味。我早就饿坏了，于是也加入这白菜头大餐。阳台上兔笼咚咚作响。

三

饥饿感正在啃噬我们的生活。浮肿变得越来越普遍。大家见面时的问候语从"吃了没有"转为"浮肿了没有"，然后撩开裤腿，用手指测试各自的浮肿程度。母亲的小腿肚可按进一枚硬币，不掉下来，被评为三级，那是最厉害的浮肿。众人啧啧称奇，有如最高荣誉。

母兔怀孕了。生殖对我来说还是个谜。它日渐笨拙，除了进餐，基本都卧在楼上，从身上揪下一撮撮兔毛筑窝。

一天傍晚，我发现兔笼有异动，用手电筒一照，五只兔崽正围着母兔拱动。它们双眼紧闭，浑身无毛，像无尾小耗子。我和弟弟妹妹打开小门，把兔崽一只只抱出来，放在手中轻轻抚摸。没想到这下可闯了祸，再把它们放回兔笼，母兔竟然追咬驱赶它们。后来才知道，母兔是通过气味辨认孩子的，一旦身有异味，便六亲不认。

采取应急措施：把小兔崽抱进室内，放在垫好棉花的鞋盒里，用吸管喂养。除了米汤，还找出少许奶粉，那可是稀有金贵之物。兔崽们闭着眼，贪婪吮吸着米汤和牛奶，让我们如释重负。

一夜没睡踏实。第二天早上，打开鞋盒，五只兔崽全都死了，它们浑身僵硬，四肢蜷起。我们为自己的过错而哭。母兔却若无其事，吃喝不误。谁能懂得兔子的感情生活呢？

它们胃口越来越大，而附近草地越来越少。我和弟弟越走越远，出了城门，深入田野，经常被乡下孩子驱赶。为了兔子，我们正耗尽口粮转化而成的有限能量。在同一生存的起跑线上，我们和兔子不是比谁跑得快，而是比谁跑得远。

在此关键时刻，表姐来家做客。她是北师大物理系二年级学生，家在广州，住校。听完父母抱怨，她建议把兔子寄养在她那儿——在她们宿舍楼前有大片草地，取之不尽用之不竭，而楼下有一楼梯间，平时关上，课间休息时正好放牧。

那是兔子的天堂。

我和弟弟正学游泳，先到北师大游泳池瞎扑腾，然后头顶半湿的游泳裤去看望兔子。它们欢蹦乱跳，咬咬凉鞋以示亲热。放牧兔子估摸和放牧羊群差不多，由于大自然循环有序，让人心旷神怡。它们有时潜行如风，溜进繁茂的野草深处；有时警觉而立，收拢前腿，观望四周的动静。

可好景不长，有人告状，校方出面干涉，宣称在宿舍养动物影响公共环境。享有三四个月的温饱与自由，兔子又搬回到家里的兔笼中。

四

谣传与饥荒一样无所不在。同学们围着教室火炉一边烤窝头，一边大谈国际局势。一个流行说法是，苏联老大哥逼着咱中国还债，朝鲜战争借的军火债，什么都要，除了鸡鸭鱼肉，还要粮食水果，据说苹果是一个个筛选出来的。我开始为我家兔子担心，记得电影里俄国人戴的都是兔皮帽子。我似乎看到一火车兔子穿越西伯利亚的悲壮情景。

母兔肚子又大了。我们在兔笼二楼铺上干草和旧棉絮，耐心等待着那一时刻。小兔崽终于生下来了，一共六只，这回自然不敢再碰，我们全力以赴为母兔找食。可正值春天，青草野菜刚破土而出。趁父母没注意，把最后几棵冬储白菜表层发蔫的菜叶掰下来剁碎，再掺上点儿我们自己喝的藕粉。

对八口之家来说，这兔笼太小了。我和弟弟找来砖头，把阳台的铁栏杆底部圈起来，让它们有更大的活动空间。兔崽们蜷缩在母腹周围吃奶，公兔巡视，幸好北京城里很少有鹰。

翌日晨，我们大惊失色：竟然少了三只兔崽！这才发现，在"砖墙"上出现一道缝隙。冲下楼去，在龚家小菜园找到尸体。懊丧之余，我们加固了"砖墙"。可第二天早上又少了一只，落在龚家窗台上的花盆里。我们快疯了：这盲目的自杀行为不可理喻，它们还没睁眼看看这个世界呢。只好把它们全都关进兔笼。

春去秋来，幸存的兔崽长大了，要养活这四口之家更难了。搂草喂兔子，跑断了腿——我和弟弟走遍四九城，走遍城郊野地，一暑假都在为兔子的生存而斗争。这是最后的斗争。冬天就要到了，怎么办？就是把冬储白菜全都喂兔子恐怕也不够。再说，逼债的俄国人正等着戴兔皮帽子呢。

父亲——我家最高行政长官做出决定：杀兔果腹，以解后顾之忧。我估摸从买兔子那一刻他就盘算好了——从野兔到家兔，正是我们祖先狩猎剩余的保存方式。

我和弟弟激烈反对，哭喊着，甚至宣布绝食抗议。但人微言轻，专制正如食物链的排列顺序，是不可逆转的。

那是个星期天。我和弟弟一早出门，各奔东西，临走前没去阳台与兔子诀别。我顺后海河沿，上银锭桥，穿烟袋斜街，经钟鼓楼，迷失在纵横如织的胡同网中。其实兔子眺望时站立的姿势很像人。我恍惚了，满街似乎都是站立的兔子。

天色暗下来，我和弟弟前后脚回家。一切都静悄悄的，看来大屠杀早已结束。最高行政长官躺在床上看书。母亲悄悄提醒我们说，饭菜在锅里，她并没提到兔子，这是不言而喻的。尽管饥肠辘辘，我们坚决不进厨房。

我爬上床，用被子蒙住头，哭了。

三不老胡同 1 号

一

1957年一个冬天的早上,母亲带我穿过雪后泥泞的胡同,来到刚建成的红砖楼房前。这土路丈余宽,坑洼不平,一小窝棚横在路当中,冒出浓烟,带着一股烤白薯的糊味。当医生的母亲不断提醒我:脏,走这边。

那烤白薯的糊味,让我像狗一样记住了新家:三不老胡同1号。由此出发,我走了很多年……

那个冬天的早上,我抬头望去,沿排水管沿窗户阳台向上,直到屋檐背后北京的天空。这里原是郑和的宅邸,雕栏玉砌今何在,唯有假山,如瞎眼证人。

郑和本姓马,小名三保,明成祖朱棣赐姓郑,三保老爹胡同由此得名,到了晚清,大概被囫囵吞枣的北京话,外加噎人的西北风篡改成谐音——三不老胡同,倒也吉利。说起郑和周游世界至今还是个谜,既不为了炫耀武力,又非贸易经商,动机何在?

调到中国民主促进会(简称"民进")以前,父亲在中国人民保险总公司工作,我们住阜外保险公司宿舍(如今二环路边),推窗就是田野。我在阜外小学正背"九九歌":"一九二九不出手,三九四九冰上走";搬家转到弘善寺小学,接茬背,正好与时俱进:"五九六九河边看柳,七九河开八九雁来";待家安顿,春天也到了:"九九加一九,耕牛遍地走。"

搬家对一个八岁的孩子来说,兴奋多于恋旧。我们在保险公司宿舍住一层,与俞彪文叔叔一家合住,共用厨房厕所;而新家在四层,独门独户。淡淡的油漆味、玻璃的反光、院墙和假山,特别是从阳台望去,四合院青灰色瓦顶层层叠叠,有如排浪,涌向北京城低低的天际线;鸽群闪烁而过,哨音反衬天空的寂寥;枣树招来八面来风,青枣渐红,让路过的孩子不禁踮起脚。

我结识了曹一凡,他家住三层,正在我们脚下。一凡只比我大一个月,却早熟得多:我还停留在小人书阶段,人家早躲进被窝用手电筒读《红楼梦》了;他发育也早,上初中时比我高半头,到了高中就敢冒充另一个同学的舅舅。我们在不同的小学就读,初中同校不同班,考上四中才成了同班同学。若无"文革",他铁定是我的入团介绍人。

二

保险公司一点儿也不保险,同公寓的俞彪文叔叔跳楼自杀了。那天中午听到这消息,我懵了,完全超出我的理解能力。他身后留下寡妇和两个男孩,老大俞梅荪比我小三四岁,整天跟在我屁股后面转,老二仍在襁褓中。寡妇半夜在隔壁独自啜泣。那留在历史深处的哭声,除了我还有谁能听见?

搬到三不老胡同1号,让我感到轻松。在我看来,只要更换地址,就会更换另一种新生活。

振开在三不老胡同的孩子中,是淘气出了名的。院子里的老太太经常来敲我们家的门,把带来的孩子身上涂着红药水的伤疤给我看,责问我为什么不管教好自己的孩子。我知道振开又闯祸了,只好向来人道歉。踢足球扔砖头砸碎人家的玻璃窗,更是

家常便饭。(摘自父亲的笔记)

1958年,我们大院可热闹了,新鲜事儿不断,每天都跟过节似的。先是在大院办起了食堂,钱阿姨改去食堂上班,我们兄妹仨跟着入伙。在8号楼前的空地搭建起小高炉,父亲跟叔叔们从早忙到晚,烟熏火燎,最后炼出一堆炉渣般的铁疙瘩,于是敲锣打鼓——让人好生羡慕,大人就是比我们孩子会玩。

打麻雀才是那一年的高潮:全北京城陷入疯狂状态,鼓号齐鸣,喊声震天,整整闹了三天三夜。学校放假,我在阳台拼命敲打空饼干筒,胳膊疼,嗓子哑,我睡得很少,就是想睡也睡不着,太吵。据统计,仅在北京地区就歼灭了四十多万只麻雀。

唯一让人伤心的是,假山拆走了。一块块太湖石被吊起,装上卡车,一冒烟就消失了。那本是我们捉迷藏的好去处。据说那些太湖石归了北京十大建筑之一的军事博物馆。推土机忙活了好几天,把土坡夷为平地,再种上一排排窜天杨,生长速度惊人,没几年工夫就蹿到三四层楼那么高。

我和一凡常出门远足,用脚丈量北京,身无分文,有的是无边无际的想象力。他大讲《80天环游地球》，我们坚信有一天会走遍世界。对，还要把楼里几个女孩子也带上，帮我们洗衣做饭。

出德胜门到齐家豁子，四顾无人，我们俩一头钻进菜地，刚摘了几个青辣椒，就被乡下孩子们发现了，石头土坷垃雨点般倾泻过来，我们抱头鼠窜。

三

转折是从阳台上那堆白薯变质开始的。烂白薯味很快转换成一个词儿：浮肿。

> 记得三年困难时期，没有那么多粮食吃，孩子们喊饿，我就叫他们不要出去跑着玩，多在床上躺一躺。老二振先对我说：妈妈，就吃两顿饭，躺着还饿……我想济年、三个孩子不能没有营养，就买了两只活鸡，想养一养杀给全家吃。叫老二下楼去放一放鸡，没想到给人偷走了。济年生气了，还把儿子给揍了一顿。有一次我饿得手发抖，出虚汗，实在难受，就在四川饭店买了一碗汤喝。回家后，

看到全家人也在挨饿,心里很是不安,济年就劝我不要太自责。他说我们还是要苦中作乐,星期天全家一起上紫竹院去玩。我记得那次我和济年看见孩子们营养不良的状况,一咬牙在紫竹院活鱼食堂吃了一顿鱼,花了二十六块钱……(摘自母亲的口述记录)

活鱼食堂就在紫竹院东门内,前面有个养鱼池,现捞现烧。所谓红烧鱼,只不过用酱油煮煮,没什么油花。按当时的收入,那顿饭实在贵得离谱。盘中剩下鱼骨头,我们兄妹仨咂着嘴,大眼瞪小眼。

炒饼可比红烧鱼实惠得多。每逢星期天,全家去西安门一家小饭馆吃炒饼。货比三家,那家就是比别的馆子油多量大。

1960年至1961年,我在社会主义学院工作……那时正是困难时期,他们兄妹三人来学院,多少可以吃得好些。我们看孩子们可怜,有时也给他们买几块高价糖,孩子们吃得高兴,让人感到安慰。(摘自父亲的笔记)

身为长子，我自认为有义务帮父母维持全家的生态平衡，监督弟弟妹妹，把热量消耗维持在最低限度。我和弟弟在公共食堂吃午饭，总是饥肠辘辘；妹妹在七一幼儿园日托，伙食不错，有时还能带回半个馒头。关键是晚饭，全家要精打细算，每人不超过二两粮食，钱阿姨就是有天大本事，也变不出什么花样。有一阵天天蒸菜包子，薄皮儿大馅。我以身作则，向弟弟妹妹宣讲少吃一个包子的好处，但完全没有说服力。

大姑父在德国拿到博士，是解放后全国少数几个一级工程师之一，享受国家特供。他不抽烟，把香烟分给父亲。在饥荒年代，父亲抽的都是"中华"、"牡丹"等名牌香烟。我的饥饿感随父亲吐出的烟雾沉浮，甚至出现奇妙的幻觉。

那年头各家极少请客吃饭，逢年过节，赶上亲戚串门进餐，只好互收粮票。饭后大人围在桌前掰着指头，锱铢必较，各自掏粮票。这对好面子的中国人是很尴尬的事。

一个月末的晚上，父亲给我一两即将作废的粮票和一毛钱，让我上街吃碗馄饨。新街口丁字路有一家露天的馄饨铺。待我坐定，已快十一点了，离粮票到期只剩下一个钟头。我把皱巴巴的粮票和钱交给伙计，核实无误，他随手抓了几个虾米皮撒进碗里,用笊篱涮了五六个小馄饨,再从大锅舀了勺骨头汤,端到我面前,热气腾腾。我饥肠辘辘,却没有马上动筷子,这是我头一次独自在外就餐,要尽量延长享受的时间。大锅滚沸着,伙计用铁勺敲打锅沿;一盏昏黄的灯泡,几只蛾子飞来飞去。

四

就像信徒去教堂一样,我们全家几乎每星期天都去护国寺电影院看电影,困难时期更是如此,似乎是对饥饿的某种补偿。

从三不老胡同1号出发,从棉花胡同北拐,再沿护国寺东巷向西,步行约一刻钟。护国寺电影院外表不起眼,上有通风窗,乍看起来像旧厂房,年久失修,墙皮剥落露出了砖缝。只有玻璃门、电影广告和售票处小窗代表真实的身份。

我家订《北京晚报》,共四版,电影预告栏在二三版的中缝。父亲是个电影迷,订有三四种专业电影杂志,看什么影片基本由他来决定,而他似乎更喜欢外国电影,我看得稀里糊涂,却也跟着染上异国情调的毛病。早期的苏联电影都是长春电影制片厂译制的，带东北口音，我最初还以为那就是俄文。

我喜欢影片开始前短暂的黑暗，让人产生期待与联想；我更喜欢放映时断片的间隙，银幕或一片空白，或带圆圈划痕的胶片首尾，在突如其来的沉寂中，能听见倒胶片的机械转动，时而夹杂着蛐蛐的叫声。

散场后，随观众走出电影院，我总是很失望——不能跟主人公继续在一起，不能走向地平线以外，只有回到无聊的现实中。母亲往往一头雾水，回家路上，由父亲厘清主要线索和人物关系。

当时影片不分级。有一回，我们全家看一部阿根廷影片。其中有个片断让我终生难忘：一个恶霸在酒吧侮辱一个美艳绝伦的舞女，把衣服一件件扒下来，衬衫、长裙、乳罩、吊带和短裤满天飞。我心惊肉跳，既渴望又害怕看到那裸体。在此关键时刻，一个好汉挺身而出，和恶霸打斗，随手把长裙扔给舞女遮体。我啥都没看着，却一连几宿都没睡好。

我开始独自去看电影，特别是期末考试头一天，似乎那是最佳的放松方式。我一般连看两场，在另一个世界彻底忘掉考试。也怪，就成绩而言，看电影比临阵磨枪有效多了。

有一天，我们学校有事，父亲带弟弟去护国寺看电影。散场时，观众拥挤，父亲的眼镜掉在地上，镜片碎了，他高度近视，根本无法走路，只好让弟弟回家去取另一副眼镜。这事把我乐坏了，但憋住没笑，我似乎看到全能的父亲独自站在电影院门口的冷风中，四顾茫然，一副无奈的神情。

五

三不老胡同1号由两栋楼组成，大门居中，传达室带有过渡时期慵懒的特征。看大门的伍大爷也负责传呼电话。电话铃响，他撂下饭碗，几步蹿到当街，用手拢成喇叭高喊："443电话——"

443是我家门牌号码。4号楼紧挨大门，共四层，每层四个单元，主要是"民进"的住户。先从左邻右舍说起。

441由单身的郑芳龙叔叔与寡居的田阿姨合住。郑叔叔摘了"右派"帽子后成家，搬到8号楼去了。田阿姨郁郁寡欢，而上大学的儿子爱唱歌，我们私下叫他"百灵鸟"。他每天上下楼高歌一曲，楼道的共鸣，大概能解决他高音区的问题。

442伍家。伍禅伯伯是广东海丰人，早年留日，后来成为马来西亚爱国侨领，回国后加入致公党，荣升副主席。致公党主要由归侨组成，是八个民主党派中的小兄弟。在我看来，伍禅就是该党的化身——寡言含笑，与祖国分享富强的秘密。他有三个文静的女儿。奇怪的是，隔墙从未听见有人高声说话。轮到我收水电费，得以窥视其生活一角，可看了也白看。

444张家。张家奶奶和蔼可亲，总用上海话唤我"大少爷"。为躲避这称呼，我蹑脚上楼，可她从楼道拐角悄然转出来，深鞠一躬："大少爷回来了。"张守平人如其名，夫人在外国使馆当保姆，有儿女各二。小女儿和我上同一小学，比我低一级。我四年级时对她产生过爱慕之情。有一天在上学路上，她转身跟我打招呼。幸福如电流灌顶，我勇敢地迎上去，才发现她招呼的是我背后的女生。这是个殷实和睦的家庭，用客套与外人保持距离，用沉默抵抗风暴。

431陈家，是致公党"外来户"。印象最深的是姐弟二人，弟弟陈春雷，在十三中读书，因成绩优异留校当物理老师，会弹曼陀铃。姐姐陈春绿，在舞蹈学校教西班牙舞。打扮入时，薄纱衬衫和褶皱长裙，像吉卜赛女郎。她后来从北京调到广东，据说因男女关系问题被劳动教养。

433曹家。一凡的父亲曹葆章，从耳鼻眉梢长出浓毛。他四十年代在四川做过县长及国大代表，解放后自然不得烟儿抽。一凡与我同岁，小妹一平和我妹妹珊珊同岁。两家的孩子来往频繁，推门就进。一凡上有三个同母异父的姐姐，一个嫁给积水潭医院的医生，七十年代初去了香港。

434庞家。庞安民原是武汉交通银行经理，有一种见过钱的镇定。他夫人在义利食品厂当会计，等于掌管天堂的钥匙（特别是困难时期）。大哥庞邦本是画家，大嫂孙玉范长年卧病在床（另辟章节细说）。小妹庞邦选是师大女附中高才生，心高气傲。小弟庞邦殿内心疯狂，一度写过小说，后来成了数学家。

421马家。马德诚是孙中山侍卫官马湘之子。当年陈炯明在广州叛变，攻打总统府，马湘背着孙夫人逃出来，孙夫人不幸流产，再不能生育。据说孙中山临终前嘱孙夫人："马湘一生追随我，必须保障他的生活费用，把他的子女都培养成才。"当年马湘几乎每年都来京小住，散步时腰板挺直，一派军人气概。两个孙子大胖二胖后来分别成了教授和名医，未辱没国父的期盼。

423 刘家。刘鹗业为人敦厚，苦心躲过历次运动，提早谢顶。他夫人是中学老师，家有二女。我们两家交情甚深，说来有特殊缘分：由于紧急分娩，我母亲为他们的小女儿在家接生。

424 葛家。葛志成是"民进"秘书长，乃本楼最高行政长官，每天有专车接送。他在上海当小学教员时搞地下工作，解放后进京城在教育部当官。他平日深居简出，好像继续从事地下工作。夫人华锦是八中党支部书记。过继的葛家铎与我们初识时百问不答，得名"葛不说"。他们家拥有全楼唯一一部私人电话。

422 沐家。沐绍良曾是商务印书馆的老编辑，长年病弱，加上"文革"受冲击，于1969年去世。家有两龙两凤，两凤来自第一次婚姻，早就远走高飞。遗孀方建民年轻得多，温和内敛，独自把两个儿子养大。长子沐定一跟我同岁，后考进八中。弟弟沐定胜（小京）排行最小，写得一手好书法，曾获全国书法大奖，凭这本事从工厂调进现代文学馆。他与我一度情同手足，甚至帮

《今天》刻过蜡版。

六

一个男孩进入青春期,往往要有人点拨,相当于精神向导或心理治疗,最好是一位成熟女性。

我们管434室的庞邦本叫大哥。他1951年参军,在部队搞美术,转业后上大学,在中学当美术老师。1957年被打成"右派",他在北京公安局专为"右派"画家设置的工作室绘制交通图标。"文革"期间被发配到河北邢台汽车修配厂,他设计的重型卡车外形,跟如今科幻电影的外星人战车差不多。

大嫂孙玉范是日本"战争遗孤",生在大连,1945年父母撤离时遗弃了她,由中国人收养。那时她仅三十多岁,肤色黑,大眼睛,小鼻子小嘴。大哥的摄影技术一流,为大嫂拍的肖像照比得上电影明星:头戴红色方格头巾,背靠白杨树,带有浓郁的俄罗斯情调。

434室是楼里最大的户型,两室一厅,大嫂长年生病卧床,独占小客厅,厚厚的窗帘隔开喧嚣的世界。她特别善于倾听,三言两语点出问题的要害,让人心悦诚服。

1970年初冬一个晴朗的下午，大嫂和我们一帮少男少女出游。从三不老胡同1号出发，欢声笑语，拥上14路公共汽车。我们来到中山公园，在枯黄的草地上围成圈打排球，大嫂身穿高领黑毛衣，像教练进行场外指导。天色暗下来，我们步行到新侨饭店西餐厅吃晚饭。那是她给我留下的唯一的户外形象。

我和康成、一凡形影不离，被大嫂称为"三剑客"。见大嫂并非易事，先得看庞伯伯脸色，等他下干校了，还得忍受钱阿姨唠叨，她也终于回扬州老家了，大哥平时在邢台，每月回来休假一两次。

在内蒙古插队的庞家小妹冬闲回到北京。她原是师大女附中高才生，比我们大一岁，带来一个个聪明漂亮的姐姐。宋姐姐是职业女高音，让"三剑客"为之倾倒，引来一场感情风波。待尘埃落定，创伤难以愈合，于是轮流排队找大嫂单独密谈，她为我们这些迷途的羔羊指点迷津。

从居委会传出风言风语，说大嫂"拉拢腐蚀年轻人"，我们不得不暂避风头。其实大嫂像个女政委，全都是正面教育，她鼓励我积极向上，对社会有所贡献；她认为我的诗太悲观太阴郁，应歌颂祖国歌颂工农兵。不知怎的，这话出自她之口，就不太让人厌烦。她嗓音有点儿沙哑，轻声细语，有某种催眠功效。

我婚后与大嫂来往少了，回家看父母，时不时到她那儿坐坐。她玲珑的小嘴出现细密的皱纹，那是时间的雕刻。

1997年夏天，我在加州戴维斯收到大哥的亲笔信，他告诉我大嫂因心肺病去世，临终前几个月只读我的诗集，一直放在枕边。

七

要想标明三不老胡同1号在北京社会版图中的位置，就得从"大院"与"胡同"说起。这是两种截然不同的政治文化。一般说来，"大院"是居庙堂之高的外来户，"胡同"是处江湖之远的原住民；"大院"代表权力，"胡同"贯穿历史。

当然问题没那么简单，真正的高官宁可在胡同深居简出。比如，我们大院的住户就多是中下层干部，而民主党派的大佬们则跟着执政党隐身胡同，相濡以沫，即使削官革职，照样好吃好喝，可谓"最后的贵族"。

"大院"分三六九等,往往与国家机器的零部件有关。虽说民主党派在个别历史时期地位有所提升,但基本属于残次品,故三不老1号的人贵有自知之明。这种等级意识体现在发声学上,特别在"文革"期间,人家自报家门时中气十足:"中直的!""计委的!""海军大院的!"轮到我们,就像含着个大枣似的含混不清:"三不老的——"

那时候市内楼少,三不老胡同1号在当地是标志性建筑,方圆三五里抬头可见。我在弘善寺小学读书,同学多来自底层。到同学家去玩,家长问及住处,同学抢先回答:"人家三不老大楼的。"家长多半翻白眼打量我——对国家机器的零部件及残次品,平民百姓并无鉴别力。

胡同构筑的迷宫、雨后的水坑、初夏槐花的香味和昏暗的街灯,让我这个在楼里长大的孩子心向往之。与楼房的刻板结构相比,那儿有一种平民的野性与自由。夏天,公用水龙头旁,半裸的男女插科打诨,孩子追逐嬉戏。沿墙角拐进小院,房屋歪斜,角落堆满碎砖破瓦。那有另一种生活:祖孙三代挤在一起,骂骂咧咧,可粗粝的外表下是深深的依恋;还有左邻右舍那份真心的关切……从胡同深处回望，我竟会对大楼产生隐隐的敌意。这无疑和青春期的反抗有关：大楼代表着父权和秩序。

大院的孩子深入胡同是要冒风险的，弄不好会遭辱骂甚至暴打，除非你有几个真正的胡同朋友。

关铁林是我小学同学，一度与我来往甚密。他家住在附近一条死胡同中的小院里，大楼遮蔽了其中的阳光。他母亲因病早逝；父亲是救火队员，三班倒，很少在家。我印象最深的是他家那个旧铜脸盆，坑坑疤疤，好像传家宝。下了课，他点火生炉子，把烧好的热水倒进铜盆，用手指试试水温，慢慢把双手浸泡进去，惬意地闭上眼。

有一次我跟他吹牛，说我父亲的字写得多么棒。他吃惊地看着我。关于他父亲呢？他沉默了。至少在现实层次，写字与救火是不对等的——在大火中爬高等于玩命。他不能再失去父亲了。

另一个胡同朋友的名字我忘了。他是我小学同班同学，家住后海河沿。他父亲是街头小贩，摆摊卖糖果针线兼营小型赌博业。那是个分格木盒，糊上窗户纸，交两分钱用手指捅进小格，输赢几率各占百分之五十，奖品是糖果玻璃球之类小玩意儿。我每次志在必得，道理也简单：他儿子把秘密事先透露给我。

八

"文革"爆发那年我十七岁。我就读的北京四中处于风暴的中心。那正是我数理化告急的关坎——期末考试在即。学校突然宣布全面停课,我跟着欢呼雀跃,为了资产阶级教育路线的失败,也为了自己跨越数理化障碍的胜利。"文化大革命"于我,最初是一场狂欢节。每天醒来,我都感到不踏实,担心毛主席改主意,直到他老人家最终下定决心,永远关上学校大门。

造反运动出现分化:出身好的同学成为主力军,我们被排除在外。赋闲在家,难免有些郁闷,我转而帮弟弟妹妹写大字报,批判老师引导的"白专道路",但远不够刺激,在这史无前例的大风大浪中,老师只不过是小鱼小虾而已。

我成了孩子王,跟楼里几个比我小的男孩子分析局势,我们找到一条大鱼——8号楼的陈咸池。据说他曾在国民党特务机关干过,解放后被关了几年,属于典型的"历史反革命"。

我领着五六个男孩儿冲到他家。敲开门,先宣读毛主席语录："凡是反动的东西，你不打，他就不倒，这也和扫地一样，扫帚不到，灰尘照例不会自己跑掉。"没动一指头，陈咸池自己就倒下了，手举选民证，表示他也是人民的一员。

不由分说，我们连推带搡，把他押到4号楼门前，让他坐在凳子上。我回家取来理发推子，在伙伴们的簇拥下，按下他的头。一触到那油腻腻的头发，我竟有点儿晕眩，迟疑片刻，终于定下神儿，沿着他脑门正中纵向在乱发中开出道深沟。那推子不怎么好使，反复好几次，沟底才露出青色头皮。这就是当时流行的"阴阳头"。我发现，不是推子不好使，而是我右手出了问题——颤抖不已，我不得不放下推子，用左手攥住右手，装成没事儿人似的，继续指挥。

陈咸池低着头，扯平褪色的中山装，掸掉头发茬儿，从最初的慌乱中平静下来，看清这不过是一帮毛孩子的恶作剧。他的轻视激怒了我们，当场召开了小型批斗会，只有几个过路人和小孩看热闹。陈咸池并没坐"喷汽式"，低头弯腰，一问三不知，我们高呼口号："打倒陈咸池！""敌人不投降，就叫他灭亡！"

我们先把他关进锅炉房，又怕他搞破坏，于是转移到

8号楼地下室。我们轮流看守,三班倒,除了按时送饭,还得陪他上厕所,既怕他逃跑,又怕他自杀。两天过去了,我们累得人仰马翻,哈欠连天,看来除了释放别无他途。

我们把他从地下室带出来,他好像被关了很久,脸色苍白,眯着眼睛抬头看太阳。我先宣读毛主席语录:"政策和策略是党的生命,各级领导同志务必充分注意,万万不可粗心大意。"然后严厉警告,不许他乱说乱动,必须定期报到。

以后半路遇上他,我就跟见了鬼似的,尽量绕道走。

多年后,我读到英国作家戈尔丁的《蝇王》:那大胆设想,对我们来说却曾是无情的现实。

九

狂欢节很快转成血腥的悲剧:我们楼最高行政长官葛志成的夫人华锦,八中党支部书记,被关在学校,因忍受不了拷打和侮辱,8月22日凌晨自缢。紧接着,一凡的家被北航红卫兵抄了,他父亲被遣送回四川原籍。

三不老胡同1号几乎成了北京抄家的首选目标，整天鸡犬不宁。3号楼的赵君迈，这位辽沈战役被俘的国民党长春市市长，每天早上在院里舞剑，飘飘然，好像在练习升天。那天红卫兵抄家，他试图反抗，差点儿被当场打死。看来他做好了升天的准备。

各楼门口贴出告示，宣称全体居民都是反革命，订于某日某时全部抄家，无一幸免；同时勒令事先交出"四旧"，否则格杀勿论。于是我们先自行抄家，把涉嫌"四旧"的书籍物品送到居委会，包括一副象牙麻将，多年后父亲提起来还心疼。大限到了，扬言抄家的红卫兵却无影无踪，虚惊一场。

一个夏日晚上，轮到我们家在传达室值夜班。看大门的伍大爷被扫地出门——据说是逃亡富农，被遣返回乡。他黧黑瘦高、秃头、背微驼，身着白粗布褂黑缅裆裤，如同收进布袋里的弓。他一口河北口音，嗓门特大，后来几个看门的即使用扩音器，都无法相比。

就在那天深夜，一个住2号楼的少女向我哭诉。天一亮，她和家人就要被押上火车，永远不准再回北京。在红卫兵的通令下，近十万北京居民被遣返回原籍。在昏暗的灯光下，她嘤嘤哭泣，晶莹的泪水沿面颊滚滚而下。

血雨腥风的夏天过去了。

"文革"给民主党派带来实践民主的机会。民进中央连同司机勤杂总共二十来号人,按民主的游戏规则分成两拨。父亲忙着写大字报,打笔仗,乐此不疲。他刷标语时从梯子上掉下来,摔断了右手,住进积水潭医院,医生护士也忙着打派仗,手腕骨好歹接上了,却是歪的。

在"把革命进行到底"的主旋律中,是老百姓日常生活的变奏:收集纪念章、打鸡血、甩手疗法、养热带鱼……平安里丁字路口有个毛主席纪念章的集市,以物换物。我怀揣几枚纪念章,混在人群中,想换个碗口那么大的,但人家根本不屑一顾。父亲从派系斗争中急流勇退,开始攒半导体收音机。

当时主要燃料是蜂窝煤。原来由煤铺工人蹬平板三轮,挨家挨户送货上门,赶上"文革",工人造反了,不再为资产阶级服务,一筐筐蜂窝煤就卸在楼门口,各家自己想办法。一筐蜂窝煤六七十斤,无壮劳力的人家傻了眼,那阵子招女婿,估摸先得过搬蜂窝煤这一关。

趁"文革"之乱,一家废品收购站连同各种破烂,悄么悄地侵占了大院东头的篮球场,后来证明是极有远见的:六十年代末的全民大迁徙带来无限商机。我和一凡去废品收购站,拦截顾客,筛选要当废纸卖掉的旧书;甚至用介绍信蒙混过关,直接钻进废纸堆里淘宝。

在全民大迁徙的同时,北京开始挖防空洞。大院又大兴土木。首先遭殃的是那些钻天杨。全部被砍倒运走,光秃秃一片。

十

三不老胡同1号楼去人空,门可罗雀。废品收购站也随之生意萧条,一度洪水般泛滥的破烂,变戏法般缩进几个箩筐中。

1969年春,我被分配到北京第六建筑公司,去河北蔚县开山放炮。一年多后,工地转移到北京房山的东方红炼油厂,每两周大休回家一次。

我家成了聚会的中心。拉上厚重的粗布窗帘,三五好友,读书、写作、饮酒、听音乐,当然还有爱情。我们的行踪,早在大楼居委会的监视中。一天夜里,一凡在家冲洗照片,红灯和放大机的闪光被当成特别信号,"小脚侦缉队"立即报告西城公安局,警察破门而入,一无所获,最后没收了一摞黑胶木的古典音乐唱片。

我们把男高音康健请到我家。他头大如斗,脸色红润,像一轮夜里的太阳,照亮坐满小屋的客人。他笑起来会震得玻璃哗哗响。待他高歌《伏尔加船夫曲》,满堂失色,据说三五里外都能听见那警世洪钟:"踏开世界的不平路……"

几年后,楼里的男孩女孩,插队的、兵团的、参军的、劳改的,各色人等都陆陆续续回来了,我和济年也一同从沙河五七干校回到了北京,唯独珊珊没能回来……(摘自母亲的口述记录)

沙龙不得不转移阵地,我们用自制的假月票到荒郊野外聚会。

七十年代初,振开刚二十出头,已开始动笔写诗写小说。他常常请病在家,把厨房作为书房,关起门埋头写作。有时我半夜起来上厕所,厨房里淡黄色灯光还亮着……(摘自父亲的笔记)

通过父亲,我结识了1号楼的冯亦代伯伯,再通过他结识了更多的书和人。我常到他家小坐。冯伯伯笑眯眯地握着烟斗,思路和烟缕一起上升。穿围裙戴套袖的冯妈妈,奔忙于炉灶与字典之间。她几乎失明,开门时从厚厚眼镜片上迷茫地看着我,然后手持放大镜,帮冯伯伯锁定某个词的含义。

1976年10月初的一天晚上,我带来"四人帮"垮台的好消息,当时冯伯伯正在厨房用毛巾擦拭后背。于是他和历史一起转身。

1978年年底,我和朋友创办了《今天》杂志。部分装订工作是在我家进行的,一摞摞油印纸页从床铺到地上,散发着浓烈的油墨味。门庭若市,我手忙脚乱招呼客人,估摸居委会派出所也跟着加班加点。

1980年秋天我结了婚,搬出三不老胡同1号。

2001年年底,一凡开车带我回三不老胡同1号。这梦魂萦绕的家,如今难以辨认:楼房低矮,窗户狭小,外墙刚粉刷过,仍难掩衰败之相。据说已到了建筑年限,是该拆掉的时候了。

我们拜访了老邻居们，首先是434庞家。邦本大哥开门迎候，他头发花白，挺拔如旧。邦选现在是一家投资公司董事长，衣着举止，都表明社会进步的大方向。大哥张罗着要搞一次聚会，把全楼的孩子都请来。我们家已租了出去，这正合我意，免得触动记忆中的角落。

与邻居们告辞，暮色四起。在原防空洞的位置，盖起标准化楼房。往前推三十年，那些杨树，正等着被砍伐的命运；往前推四十年，那些太湖石，正被吊进卡车，运往兴建中的军事博物馆；再往前推六百年，郑和凭栏眺望后花园的假山，暮色中掌灯，鸟归巢，万物归于沉寂。

钱阿姨

据父亲说,二十世纪五十年代初,有个叫王玉珍的农村姑娘,因家庭纠纷从保定到北京打官司,眼见那官司旷日持久,她到我家落脚当保姆。我们住东交民巷外交部街1号,到司法部街的法院没几步路。王玉珍身强力壮,嗓门洪亮,带孩子洗衣服买菜做饭全包了,根本不当回事。据父亲说,每天下班,都看见她坐在家门口,一手抱我,一手抱我弟弟轮流喂饭。父母白天上班,无人替换,估摸每回开庭,我们都跟着对簿公堂。两年后,王玉珍打完官司回保定,我们哥儿俩已满地跑了。

一

1957年年底,我们家来了个新保姆,叫钱家珍,江苏扬州人。她丈夫是个小商人,另有新欢,一气之下她跑到北京,先住后母家,闹翻了,下决心自食其力,经父母的同事介绍来到我家。钱阿姨和我互为岁月的见证——我从八岁起直到长大成人,当上建筑工人;而钱阿姨从风韵犹存的少妇,变成皱巴巴的老太婆。

改革开放前,父母的工资几乎从未动过,每月总共二百三十九元人民币(对一个五口之家算得上小康生活),扣除各自零花钱全部交给钱阿姨,由她管家。

钱阿姨不识字,除了父母,我算是家中文化水平最高的,记账的任务自然而然落到我头上。每天吃完晚饭,收拾停当,我和钱阿姨面对面坐在饭桌前,大眼瞪小眼,开始家庭经济建设中的日成本核算。那是个十六开横格练习本,封皮油渍斑斑,卷边折角,每页用尺子画出几道竖线,按日期、商品、数量、金额分类。钱阿姨掰着指头一笔笔报账,并从兜里掏出毛票钢镚儿,还有画着圈儿记着数的小纸条,那些圈儿,依形状大小代表不同商品，让人想到原始符号。

对我来说，这活儿实在令人厌烦，一年三百六十五天几乎从未间断，如果间断那么一两天，得花上更多的时间精力找补才行。我贪玩，心不在焉，准备随时溜号儿。钱阿姨先板脸，继而拍桌子瞪眼，几乎每天都不欢而散。其实这账本父母从未查看过，钱阿姨也知道，但这代表了她的一世清名。

还有一个不可能的任务，就是代写家书。关于钱阿姨的身世，我所知甚少。她总唠叨自己是大户人家出身。说来她素有洁癖，衣着与床单一尘不染；再有她每回择菜，扔掉的比留下的多。这倒都是富贵的毛病。

钱阿姨有个异母同父的妹妹，每回扬州来信都是头等大事。为确保邮路畅通，她张罗着给邮递员小赵介绍对象。小赵长得干净利索，生性腼腆。而为他准备的候选人，要不农村户口，要不缺心眼儿。每次相亲我都在场，真替小赵捏把汗，可哪有我插嘴的份儿？说来还是钱阿姨的社交圈有限，那年月，社会等级被表面上的平等掩盖了。小赵变老赵，单身依旧。

钱阿姨干完活，摘下围裙套袖，从枕下抽出刚抵达的信。我展开信纸，磕磕巴巴念着，遇生字就跳过去。钱阿姨听罢满脸狐疑,让我再念一遍。接下来是写回信。上小学二年级时,我最多会写两三百个字,实在不行就画圈儿,跟钱阿姨学的。好在家书有一套模式,开头总是如此:"来信收到,知道你们一切都好,我也就放心了……"

时间久了,才知道钱阿姨的妹妹也有"枪手",是她女儿,跟我年龄相仿,后来去江西插队。有一阵,我们同病相怜,通信中会插入画外音,弄得钱阿姨直纳闷儿。

二

钱阿姨虽不识字,但解放脚,不甘落后,有心参加社会活动,可要跟上这多变的时代不那么容易。保姆身份在新社会变得复杂不定,特别是在"文化大革命"的动荡中,甚至有政治风险。

1958年夏,"大跃进"宣传画出现在毗邻的航空胡同砖墙上,那色调让夏天更热。变形的工人农民形象代表变形的时代,风吹日晒,他们渐渐隐身墙中。对孩子来说,那是激动人心的日子,几乎每天都在过节。

秋天到了,在我们楼对面那排居委会的灰色平房办起公共食堂。钱阿姨响应党的号召,撂下我们兄妹仨,套上白大褂,一转身飘飘然进了食堂。她简直变了个人儿,眉开眼笑,春风得意。曾一度,浓重的扬州口音漂浮在混杂的普通话之上,不绝于耳。钱阿姨仍住在我家,对我们却爱答不理。到底是她跟父母有约在先,还是单边决定?那架势有随时搬出去的可能。我们仨全都傻了眼,别无选择,只能跟她去食堂入伙。我很快就体会到钱阿姨的解放感——独立、无拘无束,集体的空间和友情。

食堂由于严重亏损,没几个月就垮了。钱阿姨脱下白大褂,戴上蓝套袖,回家生火做饭。她整天哭丧着脸,沉默寡言,时不时站在窗口发愣,背后是炊烟浸染的北京的冬日天空。

七八年后,老天爷又跟她开了个玩笑。1966年夏,"文化大革命"爆发。钱阿姨起初按兵不动,静观其变,直到一个"红八月"的早上,她一跃而起,身穿土黄色军装(有别于正统国防绿),胸戴毛主席像章,腰扎皮带,风风火火,把家门摔得砰砰响。她处于半罢工状态。所谓半罢工,就是不再按点开饭,填饱自己肚子时顺便把我们捎上。那年钱阿姨四十三岁,或许是人生下滑前的最后挣扎，或许是改变命运的最后机会。

在滚滚洪流中，谁又能看见谁呢？每个人都被革命热情所蒙蔽。据我所知，钱阿姨那一阵忙着跳"忠字舞"，参加居委会的批斗会。她背语录有困难——不识字，扬州话拗口。那年头，我们也处于半疯状态，侧看半疯的钱阿姨倒是挺正常。

可没多久，钱阿姨急流勇退，脱下军装，翻出藏青小袄，像更换羽毛的鸟，准备过冬。到底有何难言之隐？不知道，但可以想象：当一个小人物冲向大时代，有多少伤害埋伏左右。

父亲的单位里贴出大字报，指名道姓，声称雇保姆是坚持资产阶级生活方式。父母有些慌张，当晚与钱阿姨紧急商量，请她暂避，并承诺养老送终。

钱阿姨若无其事，早上照样用篦子梳头，盘好发髻。几天后，她为我们做好午饭，拐着包裹搬走了。最初还回来看看，久了，从我们的视野淡出。忽然传来她跟三轮车夫结婚的消息，在那处变不惊的年代，还是让我一惊。

一个星期天上午，我骑车沿西四北大街向南，终于找到门牌号码。那是个大杂院，拥挤嘈杂。有孩子引路，钱阿姨一掀门帘，探出头。小屋仅四五平方米，炕占去大半，新换的吊顶和窗户纸。钱阿姨把我让到唯一的椅子上，自己坐在炕沿。我有些慌乱，说话磕磕巴巴的，终于问起她的婚事。

老头子上班去了，她说。表情木讷。

令人尴尬的沉默。钱阿姨沏茶倒水，还要给我做饭，我推说有事，匆匆告辞，转身消失在人流中。没几天，传来她离婚的消息，在家里并未掀起什么波澜。据说离婚的理由很简单：钱阿姨嫌人家脏。

三

1969年年初，钱阿姨又搬回来了，主要是照看房子。人去楼空：母亲去河南信阳地区的干校，弟弟去中蒙边界的建设兵团，我去河北蔚县的建筑工地，随后妹妹跟着母亲去干校，父亲压轴，最后去湖北沙洋的干校。

弟弟去建设兵团那天，父亲到德内大街的集合点送行后回家，在楼门口撞见钱阿姨，她气急败坏地说："要是保保（小名）找个蒙古女人回家，那可不得了。这事不能不管，你跟他说了没有？""没跟他说这个。"父亲答道，"别追了，他已经走远了。"钱阿姨仰天长叹："我的老天爷！"

1970年夏，我们工地从蔚县搬到北京远郊，每两周休一次，周六中午乘大轿车离开工地，周一早上集合返回。到了家，钱阿姨围着我团团转，嘘寒问暖，先下一大碗汤面，用酱油、醋和葱花做底料，加上一勺猪油，再煎俩荷包蛋放在上面。她心满意足看着我狼吞虎咽的吃相。

她一下子老了，皱纹爬满脸颊额头，有照片为证。那是我拍的一张肖像照，为了办户口手续。要说这可是我的拿手好戏，苦练了好几年，不过拍摄对象都是漂亮女孩。先把白床单搭在铁丝上做背景，再调节三盏大瓦数灯泡做光源，用三脚架支起捷克"爱好者"牌120双反照相机，用快门线控制，咔嚓，咔嚓——

我得承认，那的确是失败之作，正如钱阿姨的评价——像鬼一样。若追究原因：一、曝光过度；二、焦距过于清晰； 三、未找到最佳拍摄角度。当然还有后期制作的问题。我去工地上班，把底片交给楼下的一凡，我们共用一台放大机。

一凡后来抱怨说，没辙，底片曝光过度，即使用四号相纸也是黑的。接着他犯了更大的错误，把十几张废照片随手扔进垃圾箱，不知被哪个坏孩子翻出来，贴满各个楼门口和楼道窗户上。钱阿姨就像通缉犯。这下把钱阿姨气疯了，到处追查，最后发现罪魁祸首是我。

钱阿姨在家闲着无事，心里不踏实，花了一百二十元给我买了块东风牌手表。就在这前后脚，我收到父亲的信。原来干校又传闲话——保姆是资产阶级生活方式的明证，而父亲正隔离审查，监督劳动，压力可想而知。尽管措辞婉转，钱阿姨一听就明戏，于是告老还乡。

我们最终未实现养老送终的承诺。

四

1982年春，作为世界语杂志《中国报道》的记者，为采写大运河的报道，我从北京出发，沿大运河南下，途经扬州。事先给钱阿姨的妹妹写信，通报我的行程。那天下午，去市政府采访后，我来到她妹妹家。钱阿姨显得焦躁，一见我，小眼睛眨巴眨巴，却没有泪水。从她妹妹语气声调中，能感到钱阿姨在家中毫无地位可言。我提议到她的住处坐坐。

沿潮湿的青石板路，我们并肩走着。钱阿姨竟然如此瘦小，影子更小，好像随时会在大地上消失。所谓家，只是一小间空木屋，除了竹床，几乎什么都没有。我带来本地买的铁桶饼干，一台半导体收音机，这礼物显得多么不合时宜。

在她浑浊的眼神中，我看到的是恐慌，对老年对饥饿对死亡的恐慌。她迟疑着嗫嚅着，直到我告辞时才说出来："我需要的是钱！"我傻了，被这赤裸裸的贫困的真理惊呆了。我请她放心，答应回家就把钱汇来（后来母亲汇了七十元）。在大门口，夕阳从背后为她镀上金色。她歪歪嘴，想笑，但没笑出来。

大街小巷，到处飘荡着钱阿姨讲的那种扬州话。原来这是她的故乡。

读　书

一

读书与上学无关,那是另一码事:读——在校园以外,书——在课本以外,读书来自生命中某种神秘的动力,与现实利益无关。而阅读经验如一路灯光,照亮人生黑暗,黑暗尽头是一豆烛火,即读书的起点。

打开二十世纪六十年代初的北京地图,在棉花胡同与护国寺大街西北角有家小人书店。从小人书店往西,过了花店,就是著名的护国寺小吃店,那儿有令人垂涎的糖耳朵、驴打滚、艾窝窝、麻团、面茶和豆腐脑。小吃店玻璃窗下半截刷上白漆,上半截罩上雾气,人影绰绰,油锅吱吱响,香飘四溢。兜里钢镚儿有限,我常徘徊在小吃店与小人书店之间:饥肠辘辘,头脑空空。若二者择其一,当然是后者。

小人书店店面不大，主要顾客是孩子们，功能有点儿像如今的网吧。进了店，墙上挂满编号的封面，琳琅满目，令人怦然心动。而一本本"裸书"再用牛皮纸糊成封皮，上面是手写的书名与编号。柜台明码标价：每本每日借阅两分钱，押金另计；在店内阅读仅一分钱，不收押金。

困难时期，小学只上半天课。下午分小组在家做完功课放了羊，各奔东西，小人书店即去处之一。三五结伴，各借几本，资源共享。虽说店里有不准交换的明文规定，但老板睁一眼闭一眼。

贴墙是高低错落的双层长凳，深棕色油漆磨损，隐隐露出木纹。中间散放着小板凳。我们刷刷翻动书页，时而惊叹时而低声议论，交换读书心得。老式挂钟嘀嗒走动，叮当报时，提醒消逝的时光。天色暗下来，要关门了，在老板催促下，我们向结尾冲刺，不得要领。走出小人书店，仿佛从另一世界返回人间，不知哪个更真实。摸摸，兜里还剩五分钱，一激动，冲向小吃店，买个糖耳朵犒劳自己。

除了流行的《水浒》、《三国演义》、《杨家将》等连环画外，我更喜欢地下斗争或反特的故事，比如《野火春风斗古城》、《战斗在敌人的心脏里》、《51号兵站》，不少是根据电影改编的。小人书弥补了认字不全造成的阅读障碍，更重要的是娱乐性。所谓娱乐，说到底，就是满足中等智商以下读者的阅读期待，如我们这帮男孩。是非曲直黑白因果，一目了然：英雄就义有青松环绕，坏人总处在阴影中；叛徒从一开始就留下破绽，最后准没好下场。

在小吃店旁阅读，多少有点儿英雄主义色彩，等于抗拒各种威胁利诱，绝不做叛徒。

二

从小人书到字书乃人生一大转折，好像从猿到人的进化。

我父亲是个业余文学爱好者。所谓业余爱好，就是杂而无当，逮啥买啥，从不挑挑拣拣。我家有个棕红色木书架，不大不小，可放两三百册书，位于外屋北墙正中（按过去是供牌位的地方，"文革"中挂着毛泽东像）左侧，可见文化在我家的重要地位。

书的排列顺序有严格的等级之分：马恩列斯毛的著

作及鲁迅文集居高临下,代表正统;第二格是古文辞书,代表传统,如《唐诗三百首》、《宋词选》、《古文观止》、《三国演义》、《水浒》和《红楼梦》,还有《辞源》、《诗词格律》、《现代汉语词典》和《俄汉大词典》;再往下一格是当代革命小说,代表道统,如《烈火金刚》、《红岩》、《创业史》、《野火春风斗古城》、《苦菜花》等,还有散文随笔,如魏巍《谁是最可爱的人》、刘白羽的《红玛瑙集》,后者成了我主要摘抄对象,那些华丽辞藻镶嵌在我错别字连篇的作文中,显得过于耀眼。最底层是各种杂志,代表俗统,有《收获》、《上海文学》、《俄语学习》,最多的竟是电影杂志,除《大众电影》、《上影画报》等通俗刊物外,还订阅了一大堆专业杂志,如《中国电影》、《电影文学》、《电影艺术》、《电影剧本》等。我甚至怀疑,父亲一直有写电影剧本的秘密冲动。

我的阅读兴趣刚好相反——自下而上。首先从电影杂志开始,特别是电影剧本(包括供导演用的工作脚本),大概是由于文字简单,以对话为主,情节紧凑,画面感强,那是从小人书到字书的过渡阶段。虽说跟着一大堆专业术语——定格、闪回、淡出、长镜头、画外音、摇拉推移等,但一点儿都不碍事,就像不识五线谱照样会唱歌一样。读剧本等于免费看电影，甚至比那更强——文字换转成画面，想象空间大多了。我后来写诗多少与此有关。依我看，爱森斯坦关于蒙太奇的探讨，与其说是电影理论，不如说是诗歌理论。

再上一层楼，我开始迷上革命小说。其中最激动人心的还是那些性描写。我得承认，我的性启蒙老师首推冯德英，他的长篇小说《苦菜花》和《迎春花》是最早的性启蒙读物，那些带有暴力、变态甚至乱伦的色情部分，看得我心惊肉跳，欲罢不能，由于阶级立场问题，还伴随着强烈的负罪感。我相信，我们这代人的性启蒙都多少与此有关——暴力与性，是以革命的名义潜入我们意识深处的。

读字书，为大人赞许。小小年纪，哪儿经得住夸？记得小学三四年级，母亲把我带到她所在的人民银行总行的图书馆，我从书架上挑了一本最厚的苏联小说，七百多页，坐在阅览室装模作样读起来。图书管理员大惊小怪，引来借阅者围观，好像我是外星人。在这个意义上，我真是外星人，读的是天书——硬着头皮在生字间跳来跳去，根本无法把情节串起来。

我攀登到古文，则与父亲的强权意志有关——非逼着我背诵唐宋诗词,特别是寒暑假,几乎每天一首。正是贪玩年龄,哪儿有古人的闲情逸致?窗帘飘动,我摇头晃脑背诵:"苔痕上阶绿,草色入帘青,可以调素琴,阅金经,谈笑有鸿儒,往来无白丁,无丝竹之乱耳,无案牍之劳形。南阳诸葛庐,西蜀子云亭,孔子云:何陋之有?"(刘禹锡《陋室铭》)

至于书架最顶端的那些书,从庄严品相到厚重程度就让人犯怵,直到"文革"写大字报才用上。读着读着,才明白父亲置于顶端的道理——高处不胜寒呵。

三

大约十岁那年,我发现了一个重大秘密:从家门口到厨房的过道阁楼上堆满大批"禁书"。

人小阁楼高,本无事,但好奇心作祟,趁家中无人,我把两把椅子摞起来,再加一高凳。要对得准,到严丝合缝的地步。那完全是杂技表演,可惜无看客,要说唯一看客是我,非要登高看个究竟。

我打开阁楼门,故纸味和尘土味扑面而来。我常逛旧书店,故纸味淡雅幽远,如焚香,召唤远道而来的灵魂。而这里，或许在暗中关得太久，故纸味要强烈一百倍，像犯人，充满敌意的侵略性，熏得我头晕。屏息凝神，渐渐适应那气味的冲击和昏暗的光线，凭直觉我立马意识到，这是个真正的宝库。

我至今还能记得其中不少书的装帧品相破损程度及独特的气味。它们来自不同的年代和区域，有着不同的旅行路线。首先是纸浆的来源——棉花稻草混合在一起，再加上各地温差湿度，吸附四季的气息和饮食风味。每本书都有生命，都有各自的年龄、籍贯和姓名。

我家阁楼的藏书大致分四类：其一，旧版的《唐宋传奇》、《警世恒言》（未删节版）、《封神演义》等；其二，解放前出版的各类小说，包括张恨水、郁达夫等，连茅盾也被打入冷宫，大概由于露骨的色情描写；其三，是各种三四十年代的流行画报，包括《良友》画报、《妇人画报》、《影艺画报》；其四，是母亲以前学医用的专业课本，包括《生理解剖学》、《妇科大全》等。

显而易见，我家处于双重的文化生活中：书架是对外开放的，代表正统与主流；阁楼是隐秘封闭的，代表非法与禁忌。自从发现阁楼的秘密那天起，我也跟着过上了双重生活。

下课回家，我把椅子凳子摞起来，登高，打开阁楼门，在昏暗中摸索，抽出一本本书，先做初步判断，再运下来。读罢，在父母下班前把书放回去。

阁楼深，胳膊短，要想够到深处，就得再加个小板凳才行。稍有闪失，人仰马翻，摔得鼻青脸肿。在我早年的阅读经验中，除了公开与隐秘、正与反之分，更重要的是疼痛感。我以为，那是阅读禁书的必要代价。

从古代传奇到现代小说，性描写远比革命小说邪乎多了，原来性禁忌只不过是后来才有的。《生理解剖学》等医书涉及女人器官结构和功能，让我目瞪口呆：原来孩子是这样生下来的。

阁楼内秩序的混乱引起父亲的疑心，他在阁楼上了把锁，但丝毫不能阻挡我深入事物内部的决心。我东翻西找，终于找到那把钥匙。

四

与阁楼有关的秘密阅读，始于十岁，一直持续到十七岁，那年"文化大革命"爆发了。在积极参加造反的同时，我仍从阁楼偷食禁果。直到同年 8 月某日，大楼门口贴出某红卫兵组织公告,宣布要逐门逐户抄家,限令把所有"四旧"物品书籍在指定时间交到居委会,不得延误,否则格杀勿论。

我们全家忙乎了三天。父亲打开阁楼,把全部藏书取下来,堆在一起。这些伴我成长的书,终于暴露在光天化日之下,等待付之一炬。想象它们在火中翻卷时的形状和声音,伤感之余,我竟感到一丝窃喜。

去上海

一

1957年夏天,"反右运动"如火如荼。我懵里懵懂,觉得成人世界很危险,就像光天化日下捉迷藏,竟玩到你死我活的地步。有一天,在音乐学院教书的表姐来我家做客,我脱口问,你是右派吗?表姐笑而不答,父亲大怒,认为我这孩子口无遮拦,将来非闯祸不可。没过两天,1957年7月19日中午,与我家合住同一单元的那家男主人俞彪文跳楼自杀了。虽说我自幼对死亡有长期而深入的思考,还是被"自杀"这个词所特有的含义吓呆了。

就在这时候,妈妈请假带我去上海看外公。这是我头一次出门远行,那股兴奋劲儿可想而知,掰着指头数日子。再说了,新守寡的郑阿姨半夜的哭声常把我吵醒,死亡的阴影让人透不过气来，这下总算逃脱了。

外公去年出了事：他在街上被踢球的孩子一记猛射击中，仰面倒下摔坏了后脑，造成偏瘫失去语言能力。他本来身体硬朗，喜爱运动，冬天坚持用冷水洗澡。1953年来北京小住，到处游山玩水，从相册上能看到他特有的乐观者的笑容。

在前门火车站，我头一次近距离观看火车头。巨型车轮和连接杆、高高的驾驶室、锃光瓦亮的黄铜管和阴郁的锅炉，真把我镇住了。汽笛长鸣三声，车厢剧烈晃动了一下。和母亲并排坐硬座上，我靠窗口：树木、田野、村庄，一闪而过。穿过大大小小的铁桥时，发出异样的轰鸣。在济南火车站月台上，妈妈买来只烧鸡。乘务员用大茶壶沏茶倒水。我们自备的搪瓷缸搁在小桌上，茶缸盖随车身震动轻轻打镲……

半夜被吵醒。妈妈告诉我，浦口到了，火车被拖上渡轮过江。有人吹哨指挥，缓冲器吱嘎作响，列车被分成几截，拖到渡轮甲板的铁轨上。江面黑灯瞎火，浪头拍击船舷发出阵阵闷响。工人用小锤检查车轮，叮叮当当。折腾了好几个小时，我们终于到了对岸。第二天上午，火车驶进上海站，亲戚们在站台迎候，然后分乘三轮车，来到虹口区多伦路的一扇石库门前。

二

外公孙海霞（字曙光）生于1880年，浙江绍兴人。他从小上私塾，后考取上海电信专科学校。毕业后分配到汉口电报局，负责欧美电信业务。他与黄兴结识，加入同盟会。武昌起义前，他把外婆和孩子们送到湖南岳阳的亲戚家。在起义中，他参加敢死队，迅速抢占发报台，用电讯传达指挥部的命令，及时调动了部队。翌日举行庆功会，他荣获一等功，并得到一千元现大洋的奖金。黄兴要他留在革命政府担任电讯总管，他婉言谢绝，前往湖北钟祥任电信局局长，并用那笔奖金创办了中强中学，兼任校长。

每天早上学校升旗仪式后，外公亲自给学生讲时事，宣传民主与科学的道理。1919年五四运动期间，外公在钟祥召开声援大会，并率众示威游行，支持北京的学生运动。1927年"四一二"事变后，当地土豪劣绅勾结会道门势力，捣毁了县党部、农会等机构，也包括电报局和中强中学。他们冲到外公家，把我三舅吊起来毒打。

在老百姓的掩护下，孙家的人乔装打扮，混出城门。外公躲在电报局后山树林里，趁夜色翻过城墙，一路坎坷，到达武汉。

交通部电信总局调他到上海，接管几家外国电报公司。上海沦陷后，日本人要他主管日伪的华中电报局。外公托词有病，躲到苏州乡下。日本人多次请他赴宴。他自知躲不过去，于是通过封锁线辗转到了重庆，交通部委任他为电信局总视察。天各一方，与家人一别就是八年。抗战胜利后，他调任为成都市电信局局长。1948年电信局工人发动大罢工，在外公支持下通电全国。他随即被勒令退职。成都电信局八百职工含泪为他送行。他回到上海，解放后他担任上海电信局副局长，直到退休。

在外公的动荡生涯中，出现了与我有关的插曲。1946年年初，母亲陪外婆从上海飞往重庆看望外公。在重庆珊瑚坝机场，由于不会用机场电话，外婆让母亲请旁边的小伙子帮忙，电话很快就拨通了。小伙子从重庆调到北京工作，机票紧张，他和同事在机场轮流排队等票。外婆见他彬彬有礼，一表人才，托他去看望我在北京的小姨，有招女婿之意。那小伙子就是我父亲。

父亲到北京不久去看小姨，不在，留字条另约。可突然间小姨因失恋卧轨自杀。由于一场悲剧,在父母之间,北京与上海之间,有了频繁的书信往来。1948年5月,父亲在上海与母亲成婚,一起搬到北京。于是我来到这个世界。

一个生命的诞生是多么偶然:如果没有战争,没有外公流落他乡,没有母亲陪外婆的重庆之行,没有父亲调动工作,没有战后机场的混乱,没有电话的落后,没有小姨的悲剧,没有北京与上海的两地书,能有我吗?

三

外公口歪眼斜,不时流着口水呆望我。我们面对面坐着,唯一的交流方式就是用鞋蹭桌子腿,你一下我一下,发出吱吱嘎嘎的噪音,那瞬间,他混浊的眼睛闪出顽童般的光亮。

外婆生下十四个孩子,存活了十三个——我有八个舅舅四个姨妈。外婆在我出生头一年因肺癌去世。外公鳏居数年后找了个老伴,她个儿不高,精力充沛,眼神诡异多变。由于后外婆的出现,外公与子女们疏远了,直到瘫痪,大家才重新回到他身边。

跟母亲住外公家，我得以近距离目睹平静生活下的凶险。后外婆必有坚强的神经，才能抵抗家族的敌意，否则早就扫地出门。无论家庭秘密会议或私下议论，大人从不避我。上海话对我来说并不陌生，自我记事起，父母之间说上海话，作为秘密语言。但我听懂了，他们只好改说普通话。我当时正沉溺在自己的世界中，并不关心家族纷争。从只言片语中，我得知头号罪状是虐待外公，这无异于"狼外婆"。与"狼外婆"生活在一起，我得装得多无辜才行。

外公的住房是单位分配的，他退休时是上海电信局副局长。那石库门随时代变迁不断切割组合，地形复杂。进大门过天井，沿客堂间左侧上楼，楼梯下是小厨房，楼梯半腰有一亭子间，上二楼是十来平方米的堂屋。外公和"狼外婆"住堂屋，我和母亲挤在亭子间。

母亲跟亲戚一起出门了。闲得无聊，我向窗外张望，天际线被竹竿晾晒的花花绿绿的衣物遮挡。近处，总有一帮男孩儿聚在天井，唧唧喳喳说个没完，毫无行动可言，我都替他们着急。啃完一个苹果，我顺手把果核朝他们扔过去，低头猫腰，悄悄离开窗口。

第二天傍晚我和母亲回来，她先上楼，我被那帮男孩儿团团围住,他们高矮不一,影子般沉默。一个瘦高的家伙显然是头头,他问我为什么扔果核,又问我从哪儿来,我拒不回答。我们近距离对视着,似乎在玩谁先眨眼谁认输的游戏。直到母亲从楼上喊我,他用手拍拍我肩膀,小兄弟们让开一条路。以后进出,他们总是默默盯着我,并无敌意,然后继续聊天,那架势非聊到地老天荒不可。

淮海中路698号是栋两层小洋楼,七舅和八舅的家。两位舅妈是姐妹,舅妈的亲戚也住在这里,可谓亲上加亲。孩子一个个出生长大,房子越来越小。在我面前冒出一大堆从未谋面的表兄妹,呼啸成群,满口上海话,我在他们当中更加孤单。

八舅是圣约翰大学毕业的,在中学教英文。七舅是飞行员,我心目中的英雄。他参加过"两航起义"——1949年11月9日,国民党两大航空公司在香港宣布起义,驾十二架飞机飞回大陆。"文革"期间七舅被定成"特嫌",长期关押毒打。多年后平反他来到北京,看见他那被打断变形的右手小指头,我深受震动,不禁失声大哭。

四

在众多兄弟姐妹中，母亲跟二姨最亲。她在上海广慈医院工作，任护理部主任。解放前她加入共产党。解放前夕，她是江南造船厂厂长的私人特护，在她劝说下，厂长拖延执行拆除设备的命令，把造船厂完好地交给新政权。1950年，她调到北京为高干做特护，包括江青，这为她的命运埋下祸根。

二姨有病而终身未嫁。她生活简朴，总是穿双排扣蓝布列宁装和白底布鞋。她工资高，却省吃俭用，帮助亲戚的孩子们。逢年过节，她总是给我们寄礼物，包括衣服书包铅笔盒等。在上海期间，母亲与二姨来往最多，总是有说不完的话。乘三轮车出门，我坐在她们中间，领教了上海话的语速和密度。

1968年冬，半夜收到上海的加急电报：二姨自杀身亡。母亲哭得撕心裂肺，痛不欲生。据广慈医院的造反派讲，她是隔离审查时畏罪自杀的，可家属连尸体都没见到就火化了。后来据说与江青有关，怕她知道太多的秘密。

记得我跟母亲在西单排队等车,她突然哭出声来。我忍住眼泪,低声嘶嘶警告,不许她再为二姨哭——她是阶级敌人。我一下子长大了,作为长子,必须为母亲为家庭的安全负责。那几天北风肆虐,半夜摇撼我家房门。听见母亲嘤嘤哭泣,让我想起当年的郑阿姨。

1957年夏天,乘三轮车穿过上海大街小巷,坐在母亲和二姨中间,我从她们的胸前背后胳膊肘下窥看世界,有一种母性羽翼下的安全感。二姨对我最好,总是给我买最高级的双色冰砖。

五

我对上海的印象是混乱的,其繁华程度令人吃惊,和北京相比,那完全是另一个世界。但那繁华后面似乎藏着什么。对我来说更重要的是,远离北京使我重新辨认北京,知道它的天地、界限及可能的外延。后来我满世界近乎疯狂地奔走,可追溯到这头一次远行。多年后读到俄国诗人巴尔蒙特的诗句:"我来到这个世界,为了看看太阳和蓝色的地平线。"我被这诗句一下击中了,廓清了自上海之行后在内心潜藏的旅行冲动。

在上海只住了十来天，我开始想念北京，想念伙伴，想念家和胡同，还有那特有的气味，甚至想念让我厌烦的学校。我第一次体验到乡愁的滋味。

1957年8月1日是建军节三十周年。当晚，母亲和亲戚们带我来到外滩。黄浦江上，多艘悬挂彩灯的军舰排成队列，汽笛齐鸣，水兵们站在船舷，行礼致意。礼花骤然在空中绽开，照亮江面。坐在七舅肩上，高过周围的人群，我激动地尖叫。第二天是我八岁生日。

小 学

一

1957年冬,我正在阜外小学读二年级,我家从阜外保险公司宿舍搬到三不老胡同1号,我转学,就近在弘善寺小学插班。

当老师把我带进教室,有人拍桌子,有人起哄,昏暗中,那些眼睛和牙齿闪亮。我头戴栽绒棉帽,护耳翘起,像个七品县官。一个转学的孩子,面对的是一个陌生集体的敌意,可有谁在意这对孩子的伤害?

弘善寺是个明代寺庙,在北京林立的庙宇中,它又小又无神灵护佑,香火难以为继,后改成小学。既然跑了和尚也跑了庙,1965年弘善寺胡同索性更名为弘善胡同,小学更名为弘善小学。

我从"谷歌地球"(Google Earth)进入北京,如鹰向下盘旋,沿天安门、故宫、什刹海、德内大街,终于找到三不老胡同,再平移到弘善胡同。我借鼠标变焦——向下猛冲,而弘善胡同3号消失在几棵大树下。旁边是栋丑陋的现代化建筑——天弘善宾馆。我上网去查,居然没找到弘善小学的资料。

整整半个世纪了。1958年开春,乍暖还寒。一进校门,影壁上有"好好学习,天天向上"的题词。传达室旁,一棵歪脖柳树正抽枝发芽。斜穿前院,进东北角的教室,门吱嘎作响,一排小窗东歪西斜,天花板低矮。再转向后院,绕过由斋房改建的教室和水泥乒乓球台,来到尘土飞扬的操场。北墙根有一砖砌讲台。校长铆足了劲儿喊"升旗——",全校学生齐刷刷立正,一起高唱:"我们新中国的儿童,我们青少年的先锋,团结起来,继承着我们的父兄,不怕艰难不怕担子重……"

上学路上要过好几关。一出大院门就是俩拦路虎,一是立在路当中的烤白薯窝棚,二是对面花枝胡同口的早点铺,烤白薯的焦糊味和吱吱响的炸锅的油烟香,基本就让人走不动道儿了。我冲破重围,好不容易出胡同过马路,迎面又撞上小杂货铺,正把着弘善寺胡同口西北角。我下意识摸摸兜儿,咽了口唾沫继续前进。总算到了校门口,一个小贩在那儿迎候。他像古装戏法大师,摇身一变,就地摆出各种零食,有干果、冰糖、山楂片、桂皮等,让人神不守舍。此刻,上课钟声响了。

那口生铁铸钟,恐怕是仅存的镇寺之宝,穿过朝代的迷雾当当敲响——我们起立坐下,上课下课。代表时间的钟声切割时间,也让人忽略时间,就在这钟声里我们嗖嗖成长。"一年级的小豆包,一打一蹦高儿;二年级的小不点儿,一打一挤眼儿……"除了"蹲班"的,只要刚升了级,一转身,我们就羞辱那些新生。

二

我是靠说相声在全校出名的。记得那段子叫《乱形容》,先在收音机听过,后来从《曲艺》杂志上找到原本,查字典把生字一一注音,背得滚瓜烂熟。那是一个乱形容的时代,我们写作文东抄西抄,专抄那些浮华空洞的形容词。

登上操场讲台,我头皮发麻,腿肚转筋。扩音器吱嘎的交流声给我喘气的机会。我心中默念:"就把台下当成一块西瓜地吧。"果然灵验,我口若悬河,一发不可收拾,把听众全都给逗乐了。一周内,我成了全校名人,无数目光迎来送往。说来做名人并无特别之处,就是闹心。一周后再没人多看我一眼:有失落,也有如释重负的轻松感。

后来改行朗诵,背的是高士其的《时间之歌》,那是我从报纸上剪下来的。高士其是个身残志不残的科普作家,他的诗充满科学主义的意味。站在讲台上,我先默念"西瓜地经",然后直着嗓门高喊:"时间啊——"

在四年级作文课上,我写下第一首诗,那是根据《人民日报》的几首诗拼凑成的,都是些大词儿,比如"历史的车轮向前"、"帝国主义走狗"、"螳臂挡车"、"共产主义明天"……这恐怕受到高士其的"时间观"的影响。

与时俱进的代价,首先是饥饿。三年困难时期,大家课间休息凑在一起,主要是"精神聚餐"。一种流行说法是,所有好吃的东西,都被"苏联老大哥"用火车运走了。大家愤愤然,摩拳擦掌——且慢,消耗体能的结果会更饿。

为改善伙食,学校食堂养了两头猪,在操场放养,一下课,几乎成了全校男生追逐的对象。它们被撵着满处跑,跳栏翻墙,瘦成皮包骨,两眼凶光,与其说是猪不如说是狗。从猪眼中看,人类全疯了:只要钟声响起,他们从门窗一拥而出,扑将过来,一个个面目狰狞,眼睛发绿,频频发出食肉的信号。

三

学校表面上归校长老师管,但地下存在着另一隐秘的权力系统,那就是暴力。

一天,在操场旁教室的一面墙上,我和雷同学抄黑板报。那是阳光和煦的下午,槐花飘香,同学们大都放学回家了,校园静悄悄的。我们的合作最初是愉快的,有说有笑,后因版面安排发生争执,口角了几句,他突然猛冲过来,拳头雨点般擂到我头上脸上。我顿时眼冒金花,剧痛中模糊看见那因狞笑而扭歪的脸。我无限委屈,眼中噙满眼泪,强忍着,未滚落出来。

这就是拳头中的真理。凭本能,我意识到在这丛林法则中,关键一条是寻找保护人。我们班有个同学叫李希禹,是校足球队前锋。他个儿矬且四肢短粗,其貌不扬,满脸横肉,眯缝眼儿好像总也睡不醒——静若睡狮,动则矫健凶猛,当地流氓都怕他三分。

不知怎么回事,一来二去,李希禹成了我的保护人。人与人之间有一种天然的权力关系,很难说清其中因果。或许大多数同学来自底层,而他父亲是高级工程师,与我有相似的家庭背景。他家离学校不远,独门独院,有一棵让人眼馋的大枣树。他居然有自己单独的卧室,这在当时是不可思议的。他在家似乎很正常很随和,像个很有教养的好孩子。

一个冬天的早上,我像往常那样,上课前一刻钟走进教室,几个同学正围着炉子烤火说笑。李希禹迎过来,递上一块据说抹了黄油的烤馒头。他的过分热情和怪笑引起我的警惕,我拒绝了。他生气说:"瞧不起我?你丫真不够哥们儿。"后来证实,那烤馒头上抹的是鼻涕。这件事深深伤害了我,让我意识到在这个世上,还有一样更重要的东西,叫尊严。我此后尽量躲着他,同时准备好任何血腥的报复。我一直处在他那半昏睡的眯缝眼的视线边缘,他似乎在掂量在犹豫……

我们班新来个日本归侨,叫赖德生,他有个哥哥赖文龙,高一年级。哥儿俩身高体健,先靠乒乓球拍横扫全校,又打破各项比赛纪录。由于在日本长大,他们毫无城府,对地下权力一无所知,可没人敢招惹他们。他们无形中拓展的权力真空,给我带来安全感。我们住得很近,过从甚密。

他们从日本带来最先进的技术,首先是半导体收音机,造型精巧,音质优美,尤其那些键盘旋钮,更像一个引爆现实的装置,让我有些敬畏。再就是那些日本画报上的美女,更让我浮想联翩:原来在我们生活之外,还有另一个世界。

四

第一个班主任是李老师。他每天早上从我家楼下准时穿过,那橐橐的皮鞋声,从纷杂的脚步中脱颖而出,我赶紧从床上爬起来。他又瘦又高,肤色黧黑,一脸严肃,讲话时喉结翻滚;他身穿洗旧的蓝制服,领口总是扣得严严的,黑皮鞋擦得锃亮。由于经常伤风,他动不动从裤兜掏出大手帕,哧哧擤鼻子,或随地吐痰(但从不在教室)。要说他吐痰,那姿势优雅无比:扭头不弯腰,嘴歪眼向前——呸!

在枯燥的课文之间,他经常穿插些警世的小故事。有个败家子,平日爱吃肉包子,但总是把褶角咬下来扔掉,被隔壁老先生拾起收好。后家道中落,他一夜成了叫花子。有一天乞讨到邻居门下,老先生拿出个口袋给他,其中都是包子褶角,他边吃边感叹道,天下竟有如此美味。老先生说,这都是当年你扔的……说到此,李老师意味深长地提高调门,扫视全班。可惜那年头我们既无家可败,更无肉包子可吃。

由于常感冒,李老师在课堂上向我们郑重推荐"银翘解毒丸":"知道什么是蜜制吗?就是用蜂蜜做的,而你们就是在蜜罐里长大的。什么是蜡丸?就是用蜡密封,怕走了味儿。才两毛钱一丸,不贵,再说那味道特别……"经他一说跟仙丹差不离,全班只有我信了。大约两个月后,我走进阴森森的中药铺,把凑足的钢镚儿递到高高的柜台上,得到一丸"仙丹"。我钻进小胡同,找了个没人的地方,剥开蜡壳,放嘴里一尝,苦得我差点儿呕吐出来……

上五年级,铸钟换成电铃,班主任也换成董静波老师。她齐脖根短发,戴眼镜,身穿两排扣的列宁女装,既文雅又干净利索。她总是笑眯眯的,至少对我如此,我的作文总是被当成范文,显然我是她的得意门生之一。我爱上语文课,文字比算术让我更有信心。由于练书法,我的钢笔字带有颜体的力道，也深得董老师的赏识，当着全班同学夸奖。我的天空豁然开朗明亮。多年后我在散文集《失败之书》的序言写道："我小学写作文，常得到董静波老师的好评，并拿到班上宣读。记得当时我的心怦怦乱跳。那是一种公开发表的初级阶段，甚至可以说，董老师是我的第一位编辑与出版者……"

我在课堂上经常梦游，沉浸在虚构的世界中。董老师会用善意的方式唤醒我，比如，提出一个显而易见的问题，把我引回到现实中来。"完全正确，赵振开。"她挥着教鞭说："请同学们不要开小差。"

在海外漂泊多年，我通过母亲终于找到董老师，建立了通信联系。2001年冬，我回到阔别多年的北京，专程去看望董老师，她已满头银发，腿脚不便，终日卧床不起。她找出我和其他同学的毕业照，发现很难与现在的我重合。而她说话多少带河北口音，显然也与我的记忆有偏差。最后她喃喃说："嗨，走吧，别在我这儿耽误太多工夫。"我想，她责怪的是时间。

去年年底，我和母亲在香港九龙塘一家上海餐厅吃午饭，母亲无意中说到董老师去世的消息，我愣住，不禁泪流满面。

在小学升中学的全市统考中,董老师负责监考。教室里静得可怕,除了唰唰书写声,就是屋顶上麻雀的喧闹。我舒了口气,为语文题的简单而暗自得意。在改错字一栏有"极积"二字,我的目光停顿了一下,又滑了过去。正好董老师从我身边经过,我能感到她的目光的压力。她拍了拍我的课桌,转身对大家说:"同学们,别粗心,交卷前再好好检查一遍。"显然,董老师这话是冲我来的。我认真检查了一遍,肯定没错,便提前交了考卷。

因为"极积",我差两分没考上第一志愿——北京四中。

北京十三中

一

1962年夏天，我从小学考上北京十三中。和小学相比，十三中离家远了一倍，我的世界似乎也大了一倍。

这里曾是康熙皇帝第十五子愉郡王的王府，1902年，醇亲王第七子载涛过继给钟郡王，承袭贝勒爵，搬入府内，故得名涛贝勒府。宣统年间，身为摄政王之弟，载涛任禁卫军训练大臣。张勋复辟，他又当上禁卫军司令。中华人民共和国成立，摇身一变，成了全国政协委员。1925年，载涛把王府长期租给罗马教廷办公教大学，即后来的辅仁大学。1929年辅仁大学开办附属中学男生部，1951年改名北京市第十三中学。

我们学校坐北朝南，大门向东开。中路与东路各有四进院。西路有戏楼、长廊、亭台、假山。岁月如男孩呼啸成群，分三路包抄，灵活的小腿伴随咚咚脚步声，登堂入室，最后消失在西边操场的尘埃中。我们教室紧把着操场入口处。我熟知那脚步声——岁月的去向与动静。

开学头一天，我刚挎书包走进校园就蒙了：从那些遮天蔽日的高中生背后，我一眼看到自己的未来——一级级台阶，通向高考的独木桥（下面是深渊），由此进入大学，进入可怕的成人世界。

十三中是男校，没有女生构成的缓冲地带，本来意味着更赤裸的丛林法则。其实不然。我发现，到一定岁数人开始变得狡猾，用智力与意志取代拳头——那才是成人世界的权力来源。

入学那年我十三岁，从身体到智力都晚熟，有照片为证——我和同龄的一凡在楼前合影：他人高马大，眼镜后目光自信，喉结突出，唇上一抹胡须的淡影；我比他矮半头，短裤下露出麻秆儿似的小腿，满脸稚气，眼神迷茫散乱。那是转变之年，我们从不同的小学考进十三中，他在二班，我在四班，就像分组比赛的对手，在决赛前趋近。

班里有个同学外号叫"大脖子"，智力有问题，连蹲两年，若无意外还会继续蹲下去。我们在年级升降的排列组合中相遇。他虎背熊腰,胳膊比我大腿还粗,由于脖上箍着石膏圈,得名"大脖子"。他自称是练双杠失手把脖子戳进去的,要长期做牵引术才能复原。我至今还记得他歉疚的笑容,似乎在为他偶然闯入这个世界而深表歉意。

那时仍在"困难时期"的阴影中。在学校食堂,没有椅子,大家围饭桌站着吃饭,每餐总是在"大脖子"的歌声中结束。他在建筑工地当过小工,饭量惊人,按粮食定量难以存活,于是他靠卖唱换粮食,每首歌价码不等,从半个馒头到一个窝头。

"大脖子"嗓音并不好,但他唱得认真,从不偷懒,到了高音区,会从石膏圈中押出一截苍白的脖子。唱罢,他两三口就把换来的馒头窝头吞下去,再像狗一样用目光乞讨。他唱的歌特别,显然和底层生活有关。尤其是那些黄色小调,成了我们最早的性启蒙教育。

我们升初二时,"大脖子"由于蹲班超过年限,被校方开除,他将回到苦力的行列,和我们分道扬镳。最后一次告别午餐,几乎每个人都多给他一个馒头。他唱了很多歌,这回不是卖唱,而是为了友情和他自己未卜的命运。唱到动情处,那咧到脖根的大嘴撮成小圆圈,戛然而止。

二

1962年秋，我家来了个不速之客，他是我的表舅在北大荒的战友卢叔叔。

咏瑶表舅原是北京空军后勤部的青年军官，个头儿不高，英俊结实，是我童年时代心目中的英雄。特别是逢年过节，他身穿深绿军装、佩戴领章肩章和武装带，头顶大檐帽，格外神气。表舅站在楼门口跟我说话，小伙伴们惊羡的目光，让我的虚荣心获得极大满足。他走后，我可把牛皮吹大了，说他击落过多少架美军战斗机。我家从窗帘到小褂，飘飘然，都来自表舅给的降落伞布，似乎为了向全世界证明：他开飞机，我们从天而降。

1958年早春，表舅转业去北大荒。最后一次来我家告别，那时母亲也正要下放到山东农村。他脱下军装，黯然失色，这让我很难过。我悄悄退出大人的视野，溜出门去。"我会来看你的，"表舅临走对我说，转身消失在我童年的地平线以外。

卢叔叔的出现，令我暗喜：表舅果然从地平线那边派人来了。卢叔叔是拖拉机手。维修拖拉机,他用铁锤敲打部件,一粒铁屑击中右眼。在当地农场医院治疗无效,转到北京同仁医院。他在表舅的介绍下住在我家。

"医生要给我配一只狗的眼睛,"他对我说。这让我有点儿心慌,用狗眼看世界到底会是啥呢?原来是玩笑,医生给他装了一只假眼珠,跟我弹的玻璃球差不多。他常躲进厕所,取出来,放进小玻璃杯冲洗。

表舅常出现在我梦中,他在冰天雪地指挥千军万马的队伍。跟卢叔叔探听,避而不答,想必那是军事秘密。

一天晚上,卢叔叔终于给我讲了个故事。灯光下,他双眼色泽不同,那玻璃眼珠显得过于清澈明亮。"半夜,一只熊瞎子钻进农场库房,翻箱倒柜找食吃。哨兵发现后,我们把它团团围住,先鸣枪警告,它猛扑过来,可惜没击中那胸前白毛的要害部位,只好动用冲锋枪机关枪。它最后倒下了,身上共有三十九发子弹……"这故事让人多少有点儿失望,但在我讲给同学的版本中,表舅成了这场攻打熊瞎子战役的指挥员。

那年头,北京黑灯瞎火,肚里没食,早早回家歇着了。而卢叔叔却发现了北京的"上流生活"——戏剧舞台。他人生地不熟,没伴儿,总把我带上。我跟他看的话剧有《以革命的名义》、《带枪的人》和《伊索》等，印象最深的是"人艺"的《伊索》。

那是深秋的晚上，刚下过雨，一股落叶霉烂味。首都剧场位于王府井大街。玻璃窗高大明澈，如黄昏的晴空，楼梯上的观众，好像正前往另一个星球，其中有个瘦小的男孩，那是我，还有一个戴玻璃眼珠的叔叔。巨型吊灯明亮而柔和，让我有点儿晕眩。随低沉的钟声响起，灯光转暗，红色帷幕徐徐拉开，古罗马的圆柱和台阶出现在舞台上……

那夜我几乎彻夜未眠。此后着魔一般，我居然能把对白大段大段背下来，并模仿那夸张的舞台腔——伊索附体，我处于半疯癫状态，在同学中宣布：为了自由，宁死也不做考试的奴隶。在课堂上，老师问到水分子式，驴唇不对马嘴，我学伊索的口吻回答："如果你能把河流和大海分开的话，我就把大海喝干，我的主人……"老师认定我神经出了毛病。

当年粮食定量有限，连请客吃饭都要自备粮票。由于没缴够粮票，父母与卢叔叔之间出现摩擦。我暗中站在他一边，道理很简单，是他把我带出北京幽暗的胡同，进入一个光明而虚幻的世界——那与现实无关的一切令我神往。

三

初中三年无比漫长,而考试有如一扇扇门,阻挡任何通向永恒的可能。我最恨考试,在我看来,那是人类最险恶的阴谋之一,让孩子过早体验人生之苦。

我在小学算术就差,上了中学数学课,才知此生苦海无边:除了切割整数,正负颠倒,进而用乘方开方肢解世界,非把人逼疯不可。我完全迷失在数学的世界中。如果说期末考试是最后审判,测验摸底就如同过堂大刑伺候。不过各有各的求生之道,期末考试前一天我连看两场电影,在黑暗中忘却一切。大概由于心理放松,考试成绩还马马虎虎过得去。

除了数学,再就是俄文难。中苏反目成仇,大多数中学照样学俄文。首先难的是卷舌音,好在北方车把式的吆喝中也有,于是先学赶车再学俄文。在小纸条正反面分别写上中俄文单词,一大早到后海死记硬背。有的用谐音一辈子都忘不了:"星期六"(суббота)——"书包大","星期天"(воскресенье)——"袜子搁在鞋里面","回家"(домой)——"打毛衣"。到"文革"下一拨改学英文,没正经上课,用谐音只记住一句 Long live Chairman Mao!——"狼来了前面跑!"

作文课也越来越失去了吸引力,政治开始进入写作。在"向雷锋同志学习"的号召下,不仅要做好事,还得学雷锋叔叔那样写日记。

那天下午,我埋伏在厂桥路口,德内大街由此往北是三四百米的大陡坡。一辆满载货物的平板三轮车上坡,光着脊背的师傅奋力蹬车,我冲过去,从后面弓步助推,亦步亦趋,师傅往后瞥了一眼,点点头。我一直帮他推上坡顶。正赶上旁边是家小饭馆,我请师傅等等,冲进饭馆,用两毛钱买了四个火烧,塞进他手里,弄得人家瞠目结舌。

回家我把这段经历先写成日记,再抄在作文本上,第二天交给老师。语文课上,老师让我当着全班朗读。起初我还有点儿得意,越读越羞愧,竟到了无地自容的地步,比做坏事被当场抓获还糟。此后,我再没写过日记。

四

初二下学期进入尾声,期末考试在即。教师食堂开小灶，而学生食堂大锅熬，好在学生食堂每周三换花样，总算有点儿盼头。一个周三中午，学生食堂供应菜包子外加蛋花汤，同学们排着队，喜气洋洋的。

我端着菜包子和蛋花汤回到教室，与同学们边吃边聊。突然在菜包子里咬到异物，吐出一看，竟是只死蟑螂。我拍案而起，在几个同学簇拥下冲向食堂。盛汤的大师傅正要收工，他含糊其辞，说这事得找食堂管理员。我像丹柯一样举着菜包子，率众包围了食堂办公室。

管理员老李白皙，尖嘴猴腮，三角眼，负责食堂管理和采购，整天悠闲地骑车穿过校园，满筐鸡鸭鱼肉，均与学生食堂无关。听完我的慷慨陈词，他说："我看这么办吧，让大师傅再给你换个菜包子。"

"什么？"我火了，提高嗓门说："换个包子就行啦？"

"那你说怎么办？"他平静地问。

我一时语塞，愣住，转而理直气壮宣称："今后要检查卫生，改善伙食，并向全体同学公开道歉！"

"那你怎么证明那是蟑螂，而不是海米呢？"老李反问道。

我转身发动群众："大家说说，咱们食堂在菜包子里放过海米吗？""没有！"冲老李大叫大喊："我向食堂抗议！""抗议！"群情激愤，跟着我喊口号，一时有点儿失控。

"你还反了？"老李大吼一声，脸色煞白。"赵振开，你一贯调皮捣蛋。我告诉你，你再无理取闹，先取消你入伙资格，我再告到校长办公室，给你记过处分，直到开除。哪个同学跟着他，一样下场！"

这威胁果然奏效，大多数人散去，只剩下我和两三个同班同学。一想到开除和父母的反应，我也含糊了。那两三个同学不见了，只剩下我和老李僵持，怒目相向。上课铃响，我把菜包子狠狠摔在地上，悻悻而去。

我平生头一次聚众造反，以失败告终。我悟出权力本来就是不讲理的——蟑螂就是海米；也悟出要造反，内心必须强大到足以承受任何后果才行。

五

当年在北京中学生里有这么个说法：八中的会，三中的费，四中的近视眼，十三中的军乐队。军乐队是十三中的骄傲。那些铜管乐器都是从辅仁附中继承下来的，坑坑疤疤，特别是大圆号还打着补丁。尽管如此，在北京中学生运动会和各种大型集会上，顶属十三中最神气。

1963年暑假，我和一凡都参加了北京中学生的"小八路夏令营"。一凡是班长，走在二班队列前头，我是白丁，加上个头矮小，混在四班队尾。从学校操场出发，走在最前面的是军乐队，阳光在铜管乐器上闪着乌光。突然间鼓号齐鸣，惊天动地。调整队列时，我和一凡交错而过，我们得意地交换了一下眼色。

北京四中

一

1965年暑假收到录取通知，我终于考上北京四中。

四中是北京乃至全国最好的中学之一，对我来说就像天堂那么遥远。小学考初中先填志愿：第一，四中；第二，十三中；第三，四十中，这基本是我们那一带成绩中上的男生的共同模式。统考时，我因未识破语文考卷中"极积"这一词序颠倒的陷阱，在去天堂的半路拐了个弯，进了十三中。

记得那天是董老师监考。她在我书桌前驻足长叹，提醒大家交卷前一定要细心检查。我扫了一遍考卷，没错呀，于是信心十足提前交了考卷。结果名落孙山，被父亲臭骂一顿，那年暑假我灰头土脸，抬不起头来。

初中三年，在教室门前那棵大槐树的摇晃中悄然逝去。从初三上半学期起,在父亲的压力下,我起早贪黑,深一脚浅一脚"积极"赶路。

临近统考,我变得越来越迷信,尤其对"四"这个数字。一天,我从学校沿大翔凤胡同回家,闭眼走四步睁开,再闭眼走四步。走着走着,快到了柳荫街,猛一睁眼,迎面是位老奶奶,满脸惊讶。一见我睁眼,她咯咯乐了:"我心说,这可怜的小瞎子咋没拄根棍儿呢?"

此情可问天,我这小瞎子终于摸进天堂门。那年夏天,我的社会地位有明显提高:父亲另眼相待,亲戚邻居赞许有加,再别上校徽,几乎成了全人类的宠儿。更让人高兴的是,楼下一凡也考上了四中,我们俩还分在同一班。

二

北京四中创建于1907年,起初叫顺天中学堂,1912年改名为京师公立第四中学校,1949年定名北京市第四中学。距离跟十三中差不多,从家步行二十分钟。

9月1日开学那天,我起得早,磨磨蹭蹭,打开书包又合上,心不在焉,然后跟着一凡去学校。校门是灰砖和石块构筑的牌坊式建筑,带有清末民初的风格,由郭沫若题字的"北京四中",刻在门楣石头上,涂上红漆。那灰色墙体和大小铁栅栏门有些阴森,曾出现在某部国产故事片中,冒充日本宪兵司令部。

开学第一天是老师与学生见面。我所在的高一五班除了一凡,全都是新面孔。我隐隐感到不安,是那种系错衣服纽扣出现在公众前的不安,既无法掩饰又来不及纠正。

开学后不久,扒拉小算盘,我意识到问题的严重性:语文优势不再,但还说得过去;关键是数理化,梦魇一般,压得我喘不过气来,尤以数学为甚,一过整数我就如坠五里雾中,分不清东南西北。而周围同学你超我赶,甚至有人提前读高三的微积分课本。我暗自叫苦,悔不该混进这数字的天堂。

说实话,整个学校气氛让人感到压抑,又很难说清来龙去脉,总觉得有什么地方不对劲儿。比如衣着,简直朴素到可疑的地步:带汗碱的破背心、打补丁的半新衣裤、露脚指头的军用球鞋。可尽人皆知,四中是高干子弟最集中的学校。显然有什么东西被刻意掩盖了,正如处于潜伏期的传染病,随时会爆发出来。

班主任田佣是数学老师,比我们大八九岁。他戴白框眼镜,面色红润,精力充沛,整天跟我们跑步打篮球,蹦蹦跳跳,像个孩子王。他刚从北京师范大学毕业不久,每月工资五十六元,单身,留北京,在名牌中学教书,这是命运的良好承诺。

跟我们一起下乡劳动,除了带头干活,还要照顾全班的起居伙食。他腰扎草绳,亲自生火掌勺,我和另一个同学给他打下手。肥肉炼油,白薯切丁,过油后用酱油一烹,香飘四溢。开饭了,他再一勺勺分给大家。

那年正搞"四清"运动,重提阶级斗争。我母亲调贵阳一年,参加当地银行系统的"四清"。而我们下乡碰上的首要难题是,和农民打招呼,万一赶上地主富农怎么办?大家议论纷纷,认定他们一定鬼鬼祟祟。问村干部,发现这标准靠不住,索性跟谁都不打招呼。

一天工间休息,K同学用小刀顶住我腰眼儿,先是开玩笑,随后认真起来:我不肯求饶,他就暗中使劲儿,刀尖越扎越深。我们对视,僵持了好几分钟。突然剧痛难忍,我一把推开他。他冷笑说,这是考验我的革命意志。此后对他敬而远之。好勇斗狠正伴随着阶级意识而觉醒。

1966年春,暴风雨将临,有种种前兆可寻,我们像小动物般警醒。课间休息，同学们大谈革命理想与生死关头，好像每个人都在面对最后的考验。我暗中编造牺牲前喊的口号，并反复排练，在想象中，周围必是青松环绕。我甚至把指头放进门缝，越夹越紧，直到疼得大汗淋漓。我承认，若大刑伺候，我当叛徒的可能性很大。

我连团员都不是，有一种被排斥在外的恐惧感，但不知如何向组织靠拢。一凡是我的入团发展介绍人，也就是说他代表组织，这给我带来希望——毕竟是哥们儿嘛。我试探口风，他守口如瓶。

三

"文化大革命"爆发了。1966年6月1日，《人民日报》发表了《横扫一切牛鬼蛇神》的社论，四中从此正式停课。听到这一消息，我跟同学一起在教室欢呼雀跃，但自知动机不纯：那正是我数理化告急的关头——期末考试在即。老天有眼，当年把我领进天堂，如今又救我于水深火热之中。每天醒来，我都感到不怎么踏实，担心毛主席又改了主意。他老人家最终下定决心，永远关上学校大门。

自五月下旬起,我和几个同班同学每天早出晚归,去南郊大红门外的北京食品学校煽风点火,鼓动学生罢课闹革命。我们提出的口号是"不给资产阶级做蛋糕"。可一提起蛋糕,大概与饥饿经验有关,难免多分泌口水,故我演讲时唾沫星乱溅。食品学校的学生大多来自社会底层,费尽口舌,还是闹不懂为什么要罢课,为什么不做蛋糕。在辩论中,一个女学生反问我:"那你说说,蛋糕跟资产阶级有什么关系?"大多数的敌意坚不可摧,我们只好撤退。

四中校党委瘫痪,由高三各班团支部联合接管。我在学校抄写大字报,三天两夜没睡觉。第三天晚上,和同学一起去清华附中,声援被压制的红卫兵。我精神恍惚,脚下软绵绵的,灯光耀眼,声浪忽近忽远。而革命就像狂欢节,让人热血沸腾。

有一天在教室,同学的装束让我大吃一惊。他们摇身一变,穿上簇新的绿军装,甚至将校呢制服,脚蹬大皮靴,腰系宽皮带,戴红卫兵袖箍,骑高档自行车,呼啸成群。让我想起刚进校时那莫名的压抑,原来就是优越感,这经过潜伏期的传染病终于爆发了。

"老子英雄儿好汉,老子反动儿混蛋"这口号应运而生,几乎把所有的人都卷了进去。这口号很快就被改编成《红卫兵战歌》,由我们班长刘辉宣作词作曲,一举成名。这首歌最后一段是:"老子英雄儿好汉,老子反动儿混蛋,要是革命你就站过来,要是不革命你就滚他妈的蛋!"每次合唱都会不断重复"滚他妈的蛋",如空谷回声。

在当时的辩论中,对方头一句话是:"你什么出身?"若出身不好,上来就是一顿臭骂或暴打。我出身职员,但父亲旧社会在银行工作过,属可疑之列。我再次被排斥在运动之外。

在操场靠校墙一侧的树丛中,我发现一辆没上锁的自行车。那辆车倒轮闸,锈迹斑斑,辐条稀少,车铃上拴着细麻绳,一拽叮当响。观察几日,竟无人认领,我如获至宝,权当借用。

骑破车的好处是,即使没锁,停放在任何地方都很安全。虽说与高干子弟的永久 13 型锰钢车不可同日而语,但自我感觉良好,这毕竟是我拥有的头一个交通工具。由速度所产生的快感,是靠步行的芸芸众生无法体会的。我骑车出入革命洪流,不再把自己当外人,甚至产生幻觉,自认为是革命的中坚力量。后读堂吉诃德才恍然大悟,准是他的坐骑把他弄疯的。

一天，骑车沿德内大街从家里回学校，快到厂桥十字路口，顺大陡坡滑行，一个跟头栽在警察岗楼前。顿时围满看热闹的人。我浑身是伤，更倒霉的是丢人现眼。那似乎是个严重警告，我急流勇退，把车悄悄放回原处。没过半天，那车就神秘地消失了。

四

6月4日，北京市委派工作组进驻学校；6月15日，全校召开女校长杨滨的斗争会。

6月某日，四中初二的学生刘源，把一封信放在当国家主席的父亲的案头。幕后策划者是高三五班的几个高干子弟，他们从内部得知中央有意废除高考，决定抓住这一历史机会。6月18日，《人民日报》分别刊登北京四中和北京女一中废除高考制度的倡议书。

8月4日，一个冒充红卫兵的"反动学生"在王府井被发现，带回学校，在操场上被打得半死。与此同时，有二十多个校领导和老师被游斗，被学生们拳打脚踢；8月25日，以四中几个高干子弟为首，成立"首都红卫兵西城区纠察队"（简称"西纠"），接连发布了十号通令……

四中成了北京"文化大革命"的中心之一。除了铺天盖地的大字报，各种密谋正在进行，为随后出现的各种派系组织留下伏笔。由于出身问题，同学之间出现进一步分化。一个"贵族"学校，突然卸去朴素优雅的伪装，露出狰狞面目。

最让我吃惊的是，我们班同学C生性腼腆。他曾在入团书面思想汇报中，坦白了自己关于性的想象，包括女性生殖器和乳房的形状。谁料到，这些忏悔的细节被大字报公布出来，成为大家的谈资笑料。C被划为反动学生，从大家的视野中消失。到底是谁公布出来的呢？

8月18日，我去了天安门广场，那是毛主席第一次接见红卫兵。我们一早在六部口列队等候，被人流裹挟着拥向天安门广场。我们雀跃高呼，踮脚仰望天安门城楼，可什么也看不见。只有几个绿点，我猜想毛主席就在其中吧。在那狂热记忆的深处，最难忘的就是那么几个绿点。

暴力随着暑热升级，到处是批斗游街抄家打人。北京城充满了血腥味。这就是臭名昭著的"红八月"，让人不寒而栗。

1966年8月2日，是我十七岁生日。白天家中无人，我拉上窗帘，躺在床上，望着天花板，心绪低落到了极点。在人生转折时刻，我试图回顾过去展望未来，但什么也看不见，内心空空。

三十五年后，因父亲病危我回到北京。那天我和弟弟乘出租车，经平安大道回父母家。他指了指铁栅栏后面的白色现代建筑群，突然问："你知道这是什么地方？"我试图辨认，但一点线索都没有，茫然摇摇头。"这就是四中。"

五

当年全北京的中学只有四位特级教师，四中就占了两位，化学老师刘景昆和物理老师张子谔，那都是国宝级人物。有一年，张子谔老师辅导高三物理，据说高考六道题押中四道，学生提前交卷，高呼"张老万岁"。

教三角函数的老师李蔚天三角眼，下巴刮得铁青。每次上课，他提前几分钟到教室，在黑板上画一道题。那对我来说如同鬼画符——眼晕，而同学们几乎个个胸有成竹，举手抢答。李老师不慌不忙，用三角眼扫视一圈，习惯性摸一下铁青的下巴，慢悠悠，用浓重的河北蠡县口音点名"赵——振——开——",把"开"还读成第三声,更加勾人心魄。我一问三不知。这竟成了我永远的心病:多年后我帮女儿做作业,一听三角函数,第一反应是头晕恶心。

《学习》杂志1958年停刊,部分编辑改行当老师,于是黄庆发成了我们的语文老师。他四十出头,谢顶,一脸苦笑,好像在为自身的存在表示歉意。他教古文有一套,让我们写批注。他摇头晃脑领读柳宗元的《小石潭记》:"从小丘西行百二十步,隔篁竹,闻水声,如鸣佩环,心乐之。"停顿一下,念批注"当乐",然后继续朗读下去。照猫画虎,没想到我的批注竟得到赏识——孺子可教,于是让我当众宣读。我美滋滋地摇头晃脑,待读到"心乐之"也停顿一下,接着读我的批注——"颇为不错",竟把"颇"错读成 pi 音,引得哄堂大笑。

俄语教师凌石军肥头大耳,没架子,但骨子里透着股傲气。他每次上课只捏着一张小卡片,嘟噜嘟噜说个没完,好像那是一种语言戏法。他出过俄语语法专著,且日文好,据说他的俄文是靠日文课本自学的。他另有一手高招,可仰躺在学校游泳池的水面上看报纸,手脚不动。我俄语没学好,倒是暗中偷学了这一手,但一不留神会灌上两口水。

英语老师项立斜穿校园,总会引起注意。他教英文,把自己先教成英国绅士:夏天穿白色西服;冬天穿吊带短裤,白色长袜,锃亮的皮鞋。他上课会把全套刀叉带到教室,配上餐巾,演示西餐的规矩。据说他当年在教会学校考了第一,外籍老师请他到家中做客,端出奶油蛋糕,而这时他用错了一个词,女教师把蛋糕收回以示惩罚……

两位体育老师韩茂富和吴济民,都是国家级篮球裁判。韩茂富个儿不高,精明强干。吴济民人高马大,都管他叫大吴。据说苏联国家女篮来京与中国女篮比赛,由韩茂富在场上主吹,大吴坐镇裁判台,临近终场正打得难舍难分,这两位暗中串通好,停表加时间,被苏联队发现提出抗议,大吴被降级成一级裁判。

女校长杨滨,延安陕北公学出身,参加革命后填表重要见证人填的是叶群。解放后曾长期担任女一中校长,1965年调到四中。据说在北京市教育局局长和四中校长两个职务之间,她选择了后者。

副校长刘铁岭踌躇满志。"文革"中揭发他在日记中的志向:二十岁当校支部委员,三十岁当区委委员,四十岁当市委委员,五十岁当中央委员。一切都按计划进行,"文革"开始时他四十出头,已当上了市委委员。

谁承想,这些老师校长,一夜之间斯文扫地。"文革"爆发后,先是铺天盖地的大字报和没完没了的批斗会。高潮是1966年8月4日,那是个星期天。有二十多个校领导和老师戴高帽挂牌子游斗,最后集中到操场上,他们在学生的喧嚣、羞辱和拳脚中蹒跚穿行。最后让他们齐唱《鬼见愁战歌》:"我是牛鬼蛇神,我是人民的罪人,我有罪,我该死,人民的铁锤,把我砸烂砸碎……"其中顶数副校长刘铁岭的嗓音最嘹亮。

在一次由军宣队主持的批斗会上,大吴跳出来指着校长杨滨说:"杨滨,你胆敢反对解放军。"然后振臂高呼:"打倒解放军!"愕然惊醒,意识到犯了大忌,面如土色嗫嚅道:"我有罪,我向毛主席请罪。"于是到毛主席像前弯腰撅腚,豆大的汗珠噼啪滚下来。

最让我震惊的还是语文老师刘承秀的自杀事件。在"清理阶级队伍"运动中,她因受审查而导致儿子从部队转业。那天凌晨5点,在食堂后面的小夹道,她用剪刀割断并揪出自己的喉咙,据说惨不忍睹。一个中年女人竟用这样的方式结束了生命。当这消息传遍宿舍小院,我正在六斋生火,浓烟呛得我睁不开眼。

六

1966年8月初,我搬到学校住。学生宿舍在学校东南角,与教研组小院毗邻,由两排相向的平房构成独立的小院。开间不等,上下铺,按数字排列,一律称为"斋"。我先住十三斋,后搬进六斋,一住两年多。学生宿舍本是为家远的同学提供的,趁"文革"之乱,没人管,大家纷纷搬进去。

由于顶棚相通且破败,隔墙有耳,易于小道消息的传播。每次生炉子起浓烟,邻居跟着一起咳嗽。"文革"前,每晚十点熄灯,提前十分钟响预备铃。宿舍小院离厕所较远,由于是男校,毫无顾忌,住宿生纷纷冲出来,在下水池或树旁撒尿。宿舍小院永远飘散着浓烈的尿臊味儿。学生辅导员禹启中,每天晚上差十分钟十点来小院检查,一时奏效,传为"大禹治尿"的佳话。

和我同宿舍的Z是干部子弟,他爱吹牛,好色,说话幽默,是个挺好玩的伙伴。1966年8月底,有天晚上,他说刚抓来个本地流氓,关在地下室,问我要不要去看看。我出于好奇跟他去了,蹲在地下室窗外,向里窥视。

那天由 Z 主审，两个穿军装的"老兵"充当打手。那"流氓"光着上身，跪在地上。Z 厉声问了一句，他含糊其辞，一个打手抡起粗铁链，哗啦抽在他肩上，顿时留下道深深的血印。待铁链再次抡起，Z 赶紧拦住……实在看不下去，我回到宿舍躺在床上。半夜 Z 回来了，有点儿兴奋有点儿得意，问我观感，我把话题岔开。由于他属于那残酷的一幕，我和他渐渐疏远了。不久我从十三斋搬到六斋。

"文革"期间，学校宿舍的流动性很大。1967 年春，六斋搬进来个新住户刘源，他父亲已成为前国家主席。他住上铺，郁郁寡欢，平时只是回来睡觉。我们讲鬼故事时，他也支着耳朵听。一个多月后，他又神秘地消失了。

讲鬼故事要先关灯，同时需要特殊音响效果。比如口头音乐伴奏，并事先备好破脸盆，关键处扔出去，或索性推出护床板。一惊一乍，连讲鬼故事的都吓得半死。这几乎是每天睡觉前的保留节目。

食堂伙食太差，趁夜色，我们去偷食堂的白菜和煤，给自己做饭。更有甚者，由于冬天教室不生火，来学校的同学纷纷到六斋取暖，但要投足硬币才给开门。他们跺脚诅咒，但冰天雪地，没辙，只好留下买路钱。我们还到处收集书报,卖给废品收购站。眼见着玻璃瓶的硬币快满了,我们摩拳擦掌,先订菜单,再采购,大快朵颐,最后撑得走不动道儿。

七

北京四中既是"贵族"学校,又是平民学校。这其间有一种内在的分裂,这分裂本来不怎么明显,或许被刻意掩盖了,而"文革"把它推向极端,变成鸿沟。

学校只有一栋二层教学楼,条件极差,冬天没暖气,天一冷就要安装煤球炉。家境贫寒的子弟多自备午饭,铝饭盒装在网袋中,课间休息送到食堂的大蒸锅焐热。有的同学图省事,索性放在煤球炉台上,课堂上飘荡各种混杂的香味。

再说食堂,每天伙食费是三毛三,主食一毛六。食堂大,能容下几百号人。每桌十人,自由组合,没椅子,直立就餐。大师傅用木杠抬着大木桶进来,引起一阵激动——那些年轻的胃。各桌派代表用两个脸盆排队。一个脸盆盛主食,一个盛菜。校长杨滨发现营养标准不够,提出把伙食费加到每天四毛,即隔天加个有肉的甲菜,竟有一多半学生没有响应,可见平均家境之贫寒。这在"文革"成了杨滨搞修正主义和挑动学生分裂的罪名之一。

那正是发育期,到处是带酸味的饥饿感。有学生贴出大字报:"两个窝头夸好饭,一行长队上青天,窗含师傅丰脸笑,门泊学生瘦骨寒。"

"文革"爆发后,停课串联,食堂秩序被打乱。而学校规定,只能退主食的伙食费,每天一毛六。一凡告诉我,有一回去食堂小窗口退饭票,排他前面的是刘源,为退伙食费跟食堂管理员刘庆丰争了几句,遭到断然拒绝:"不行,开了证明再来。"弄得他面红耳赤,悻悻而去。而刘庆丰后来在"清理阶级队伍"运动中被揪出来,跳河自杀了。

人世沧桑,公子落难,这本是个老掉牙的故事。后听说他发迹了,但愿没忘掉当年的落魄感,能多替老百姓着想。

八

1966年9月上旬,我自制了个小木箱,用红漆写上"把毛主席的话印在脑子里,溶化在血液中,落实在行动上"。这小木箱刚好装进四卷《毛选》(《毛泽东选集》)。随后我到积水潭医院去看望父亲。他写标语时从梯子上掉下来,摔断右手腕。我没带水果或营养品,只带来一个毛主席半身塑像,放在床头柜上。

由于搞到一张介绍信,我们六个平民出身的同班同学,决定一起去全国串联。到医院看望父亲的第二天,我背着装《毛选》的小木箱上路了。

11月初回到北京,形势大变,由于对"血统论"的批判,彻底动摇了老红卫兵的统治地位。以平民子弟为主的各种造反派组织应运而生,包括我们班成立的"红峰"战斗队。

1967年开春,校内造反派组织联合成立了"新四中公社"。北京中学分成"四三派"和"四四派","新四中公社"属于"四三派"。发表在《四三战报》上的《论新思潮——四三派宣言》,提出"实行财产和权力的再分配","打碎特权阶层"。由此可见,在派系斗争的混乱背后,有着理性的政治与社会诉求。作者张祥龙后来成了我的好朋友,他哥哥张祥平是"新四中公社"的笔杆子。

2007年是北京四中的百年校庆,据说搞得轰轰烈烈。我不知道,我的母校到底应该庆祝什么?据说老校长刘铁岭在庆典仪式上致辞,想必依旧声音洪亮。我不禁想起1966年那个夏日,他和被批斗的老师一起唱《鬼见愁战歌》的情景。

九

"告诉你们,要是你们六斋丢了东西,就是我张育海干的。"我隔着小窗模糊的玻璃向外望去,只见他瘦高挑儿,背着破书包,双手叉腰,几颗青春痘随着嘶喊在脸上跳跃。我回应说一凡不在,他这才骂骂咧咧走开。自打他勾上一凡,六斋从此不得安宁,大家嫌他痞,劝一凡少跟他来往。

他所在的高二二与我们高一五两班关系非同一般。除了同属"新四中公社"并共享六斋外,主要还是臭味相投——反主流意识,即使卷入革命浪潮仍持某种戏谑态度。按张育海的说法:"政治充满了戏剧性,戏剧充满了政治性。"

要说他可是正牌好学生。学校曾实行免修制度,通过免修考试者可在自修室自学。期中数学考试,他用了不到一半时间就交了卷还得了满分,除了数学还免修英文。

"文革"期间,他主持数学改革研讨会,连特级教师张子谔都来了。他反客为主,在黑板上纵横勾连,眉飞色舞。若无社会巨变,他本来是块当教授的料。

除了功课好,打篮球、游泳、拉小提琴,几乎样样精通。尤其那口哨吹得一绝——只见他嘴唇嘬圆,用两腮每块肌肉控制气流,悠悠一曲穿天入地。一问,才知是比才的《牧歌》。后来一听这曲子就会想起那口哨。

他在家排行老四,上有仨哥。其父留英回国,因车祸多年前身亡。母亲在大学图书馆工作,独自把他们拉扯大了。

张育海最忍受不了的就是平庸。提起一个有望升官的同学,"将来嘛,他会过得很殷实,不到四十岁就秃顶",边说他边模仿那干部派头:懒洋洋陷在沙发里,俩拇指在肚皮前交叉转动。

这高二二能量大,居然一下办了两份报纸。一份是牟志京主编的《中学文革报》,发表了遇罗克的《出身论》;另一份是张育海和几个同学办的《只把春来报》。这报名是他起的,用毛泽东诗句一语双关。第二期发表了他写的《论出身》,与遇罗克的《出身论》相呼应。相比之下,《中学文革报》影响大得多,波及全国,《只把春来报》也跟着沾光。我帮他们卖过报,沿街叫卖。人们一听是四中办的,又和出身有关,争相抢购。

高二二办报闹得满城风雨,高一五不甘落后,由一凡挑头,决定为大家做一个纪念章。设计方案是马恩列斯毛并列头像,下面是"新四中公社"几个红字。用尽浑身解数,我们从七机部搞到最佳铝板,托人找中央美院艺术家设计,最后到珐琅厂制作模具。待模具做好却节外生枝:上面有指示,不许把毛与四大领袖并列。

1967年深秋,高一五和高二二纠集了十几号人,前往永定门外珐琅厂。行动指挥是张育海和我们班的徐金波。打仗先布阵——史康成、郎放和吴伟国守在厂门口,骑车待命;从厂门口到车间沿途安插几个腿脚利索的,装成闲人。由一凡出面跟厂方交涉,张育海如影随形。威胁利诱无效,一凡恳求管模具的刘师傅冲个样品作纪念。刘师傅递过样品,张育海一把抢走模具,夺路而逃,几经转手传到大门口,由史康成和郎放打掩护,吴伟国骑车扬长而去。工人们边追边喊:"抓住那瘦高个儿,他是带头的……"张育海早就消失在茫茫人海中。厂方扣下三名人质,却问不出所以然,只好放人。

在六斋胜利会师,七嘴八舌,从不同角度回放惊心动魄的一刻。张育海有点儿心不在焉，用口哨吹起《斗牛士之歌》。

1968年秋，工宣队要隔离审查他，据说与一个"反革命集团案"有关。他仓促做出决定，先到云南农场落脚，然后参加缅共人民军。临行前他跟朋友告别时说，京城终归容他不得，与其如此，倒不如去个天高皇帝远的地方，活个自在。

1969年春，他跨过边境参加缅共人民军，同年夏天在战斗中牺牲，年仅二十一岁。他从缅甸写给朋友的几封信，死后在知识青年中广为传抄。就在死前没几天的信中，他这样写道："……我们还年轻，生活的道路还长……不是没有机会投身于历史的潮流，而是没有准备、缺乏锻炼，到时候被潮流卷进去，身不由己，往往错过……"

我有一首《星光》是这样开始的："分手的时候，／你对我说：别这样，／我们还年轻，／生活的路还长。／你转身走去，／牵去了一盏星光。／星光伴着你，／消失在地平线上……"

很多年，一直有个漂亮高挑的女人，以"小四女友"的身份出入他母亲家。她告诉老人，她在等着张育海回来。

十

1965年,我刚进校门,四中成了北京市教育局"社会主义教育运动"的试点,高二二成了全校的重点,那里出了个反动学生牟志京。这一心理伤害有如巨大的阴影,催人早熟,使他们成为特殊的群体。

而牟志京本人早就从这阴影中跨出来了。他生性乐观,思路敏捷且与众不同。按一个朋友的说法,他是从不说套话的人。他高颧骨,宽鼻梁,专心倾听别人说话。我去过他家。那是个温暖和睦的家庭:父亲在铁道研究院搞翻译,母亲是绘图员,他有个可爱的妹妹。

由于和同学交换日记看,被揭发出来作证据,于是他成了"资产阶级的孝子贤孙"。他倒并不怎么在乎,真正激怒他的是另一件事。"一天,我从操场踢球回到教室,"他后来跟我们说,"很多同学围观墙上一张小字报,我也探过头去,上面写着'牟志京是爱情至上主义者'。我一下子就想到自杀,因为我不能允许别人践踏我的感情领域。当时兜里有两块多钱,我决定大吃大喝一顿,然后自杀……"

按天性他不会自杀，再说还有很多大事等着他去干。

他头一次听到"老子英雄儿好汉，老子反动儿混蛋"的对联时感到震惊，马上到清华附中贴出批判的大字报。紧接着在中央音乐学院的辩论会上，他上台发言批对联，几个女红卫兵冲上来抢走话筒，并朝他脸上吐唾沫。几个在场的四中同学上台揭发他是反动学生。在四中组织的批判会上，他不仅不屈服，反而为另一个同学打抱不平，结果被杀气腾腾的刘辉宣打掉一颗门牙。

那年冬天，牟志京在街头看到《出身论》的小字报，通过上面地址找到遇罗文，谈得很投机，于是他决定办一份铅印小报，让此文广为人知。1967年1月18日，《中学文革报》创刊，其中《出身论》占了三个版面，署名"北京家庭出身问题研究小组"的真正作者是遇罗文的哥哥遇罗克，他成了《中学文革报》的主笔。

十八岁的主编牟志京，当时并不知道《出身论》的作者是谁。他追述与遇罗克初次见面时的印象："他相貌奇特，个子不高，背驼得厉害，脸色极苍白，深度近视，眼镜一圈一圈的，但目光犀利，声音洪亮，机智幽默……那时正是冬天，在他家住房边搭的称为'冰窖'的小屋里，我感到非常温暖……"

《中学文革报》供不应求，不断加印。那一阵，四中门口挤满来自各地的人，焦虑与期盼的眼睛像大海中的泡沫。他们一共出了六期，直到"中央文革"公开表态批评《出身论》。牟志京召开编辑会，说谁要是没有准备牺牲可马上退出。无人退缩，全体都留下来。

1968年年底遇罗克被捕，1970年3月5日在公审后被处死，年仅二十七岁。被捕前他对牟志京说："我觉得对不起你，你这么年轻，我把你拖了进来。"最后他把一封"致毛主席的信"托他保管。遗憾的是，此信在辗转藏匿中遗失了。

1975年秋，我和刘羽去五台山，路上把钱花光了。经大同回北京，我找到在铁路局当工人的牟志京借了五块钱，并在他们宿舍过夜。那天晚上，牟志京疯狂地拉着手风琴，他眯起眼咧开嘴，如醉如痴。

十一

赵京兴比我低一年级，却比我早熟得多。刚满十八岁，他已通读过马恩列斯全集，仅《资本论》就读了六遍，精通黑格尔、康德、费尔巴哈等西方经典哲学，并写下《哲学批判》和《政治经济学对话提纲》等书稿。在随革命退潮而兴起的读书热中,由师大女附中同学摘抄部分书稿,油印成册,在北京中学生中流传。还记得初读时我的震惊程度,虽说每个字都认得,却不懂大意,而且一看就串行——这个跟我同姓的家伙让我生气。

赵京兴出身贫寒。父亲是裁缝,平日穿缅裆裤,光脊梁,又黑又胖。一个与文化毫不沾边的家庭,居然出了这么个哲学家。

他公然反对"上山下乡运动",并写大字报贴在学校。他认为,由于每亩地平均人口增加,必然加重农民负担,把城市危机转嫁给农民。他年轻气盛,口无遮拦,将生死置之度外。

在原生物实验室召开的第二次批斗会上,主持人大喝道:"赵京兴,你狼子野心,竟然要批判毛泽东思想,是可忍孰不可忍。"赵京兴先引用马恩两卷集某页某段的一句话:"批判就是学习,批判就是革命",接着他理直气壮地说,"我在四个方面发展了毛泽东思想",并一一作了具体说明。

他的言论可谓石破天惊。比如"文化大革命是社会矛盾的总爆发";比如"社会主义走到文化大革命这一步,就像火车头一样在那儿左右摇摆,不知道往哪儿去了"。他在日记中写道:"伴随着人们的地下活动,将会出现新的历史舞台。"他在《政治经济学对话提纲》中写道:"要让商品经济打破计划经济。"如此大逆不道,自然会招致种种处罚。

1968年年底,我在史康成家见到赵京兴的女友陶洛诵,她是师大女附中高二的学生,穿着一身不合时宜的白色连衣裙。至今还记得她说的一句话:"赵京兴不反毛主席。"和艰深的哲学笔记一起,还流传着陶洛诵情书中的字句:"少女面前站着一个十八岁的哲学家。"

陶洛诵长得挺漂亮,却被百万庄一个号称"俊男美女鉴定专家"的人评为七十九分。后来一打听才知道美女的标准是维纳斯,俊男的标准是大卫。

一凡和我在家练习气枪打靶,靶纸是冲洗报废的照片,包括我们自己的头像,背后垫着《红旗》杂志,为了回收气枪子弹。正赶上赵京兴托我们为陶洛诵放大标准照,顺手把一张废照片当靶纸。这事不知怎的传了出去。有一天,赵京兴来借书时说:"陶洛诵让我问问,你们是不是特别恨她?"

1968年冬,接连下了几场大雪,格外寒冷。六斋越来越冷清，大多数住户先后去插队了。校园人迹稀少，大字报棚区空荡荡的，只有几张告示。

在一个小院里，有四个学生被工宣队隔离审查。其中包括赵京兴，他是公安部钦定的"要犯"。他总是笑眯眯的，埋头读书，沉浸在冥想的世界中。他的兴趣正从哲学转向政治经济学。

除了赵京兴，还有我们班两个同学，一个是刘辉宣，一个是史康成，正好关隔壁。他们分别因宣扬或反对"血统论"而在押，殊途同归。看守是同学，睁一眼闭一眼。我常去看望史康成，给他送书或捎口信，碰见刘辉宣也打个招呼。他们四位相处融洽，早晚笼火，互相借用火钩子，顺便交流案情或读书心得。

1970年2月，赵京兴和陶洛诵一起锒铛入狱。

十二

从1966年10月起，北京中学造反派逐渐取代了"文革"初期的红卫兵（简称"老兵"），成为主流，但很快就出现了分裂。1967年春，由于中央首长4月3日和4月4日的两个讲话而形成"四三派"和"四四派"。"新四中公社"属于温和的"四三派",或称"四三点五派"。

1967年4月底一个阳光明媚的日子,柳絮飞扬。"北京老兵合唱团"在北京四中的食堂排练《长征组歌》,由刘辉宣指挥,当"乌云遮天难持久／红日永远放光芒"的乐句爬升到高潮处,总是被他的咆哮打断。中间休息,一帮合唱团男生聚在校门口晒太阳。

当时我正和同学在传达室抄大字报——那年头用不着看大门的,传达室被征用了。隔窗传来阵阵闲聊,继而起哄架秧子,骤然转向叫骂与追打。只见他们从校门外拖进一人,拳打脚踢,拽四肢用头撞树。据说是两个追赶游行队伍的外校男生,骑车路过,与合唱团的人发生口角,一逃脱一生擒。

这回可捅了马蜂窝。对手是北京建工学校"飞虎队"——铁杆"四三派",以英勇善战而威名远扬。因武斗有人阵亡,他们全副武装抬尸到北京卫戍区抗议示威。有人报信,"飞虎队"掉头杀将过来。

那是原始版"闪电战":先狂轰滥炸——无数石块飞进校园,撼动大地,砸碎房瓦玻璃。紧接着"飞虎队"队员冲进校门,兵分两路,迅速占领制高点,院墙上三步一岗五步一哨,封锁校园。他们头戴柳条帽加防护罩,手持钢管式长矛。先锋部队开路后,主力列方阵层层拥入,杀声震天,由一口棺材压阵。

"老兵合唱团"纷纷逃向校园尽西头的食堂。幸好"新四中公社"与"飞虎队"是一家人,在我们劝阻下,减缓了大军的推进速度。

突然从宿舍小院斜冲出一人,赤手空拳,破口大骂,拦住大军去路。他就是刘辉宣。顿时他被十几个"飞虎队"队员团团围住,长矛从四面八方指向他,矛头在阳光下闪着寒光。班主任田佣老师带着我们几个同学一拥而上,用身体护住他,一边为他求情,一边连拖带拽,把他护送到宿舍小院,他还是骂不绝口。

大军如潮,棺材如舟,绕过这旋涡继续向前。刘辉宣又出现在食堂,在他带领下,合唱团的散兵游勇高呼口号,但一见大军压境,长矛林立,刘辉宣只好下令:"放下武器,撤!"合唱团男生扔掉棍棒,各自逃生;女生尖叫着,乱成一团。我们竭力把双方隔开,劝合唱团的脱掉军装——这"老兵"的身份标志,混进人群中。少数躲进食堂与院墙的夹道中,最后翻墙逃跑。由于我们介入调停,这场血腥的武斗只造成少数轻伤。老兵最大的损失是,那些停在食堂周围的锰钢自行车被砸得稀烂。

因写中篇小说《当晚霞消失的时候》而出名的刘辉宣回顾说："那时我们学校有一个群众组织叫'新四中公社',取巴黎公社之意,是我们的对立面。他们当中有一个同学叫杨小青,和我们积怨甚深,见了面就怒目而视。后来有一次外校的武斗打进了我们学校,混战中我陷入重围,杨小青拼着命将我救了出来。但事后我们见了面还是怒目而视,管这叫'坚持原则'。但我心里却尊重他,当时就敬重他……"

十三

1968年春,学校来了几个不速之客,直奔原校长室小院东侧尽南头的"革委会教育革命办公室",门口还挂着"中学红代会作战部联络处"的牌子——这里也是北京中学"四三派"唯一的常设机构。

他们是北师大学生,因持有"中央文革小组"的介绍信而显得骄横,把桌椅弄出声响。此行目的嘛,是为了调查修正主义教育路线下的高考制度,即旧高考制度如何打击工农子弟,保护"黑五类"子弟。

曾主管高考的前教导主任屈大同应声而至,诚惶诚恐，但他心里有数——"文革"快两年了，什么阵势没见过。读罢介绍信后沉默片刻，他悠悠叹了口气说："恐怕我得让你们各位失望了。"事实是，四中高考升学率在百分之九十五左右，但同在分数线以上，往往是出身不好的被筛选下来。他说："告诉你们，每个学生的档案袋正面是张表格，表格右上角就是中学政审意见，只要建议不录取，考出大天，也上不了大学。"

屈大同本人就是国民党少将之子，熬到名校教导主任，深知其中奥秘。见来访者满脸惊讶之色，他更加得意："给你们举个例子，知道钱伟长是谁吧，大名鼎鼎的科学家兼教授，也是个大右派。他儿子钱元凯就是由于政治鉴定不合格，成绩再好也没用，哪个大学都没录取。这就是党的阶级路线。"

屈大同是钱元凯的高三班主任，曾对他发誓说出身问题绝不会影响升学。于是钱元凯报考了清华大学，虽获华北考区总分第二名，竟没有被任何大学录取。1958年9月，他到石景山钢铁厂当壮工，两年后改车工，他在劳动中坚持自学。由于爱好摄影，1968年他自制了照相机等摄影器材，后调到北京照相机厂，从技术员熬到总工程师，成为照相机技术理论的权威。

高考落榜后,他父亲对他说:"上学的机会是受人控制的,但读书与实践才是获取知识的主要课堂,在这个学校中学习的权力只掌握在你自己手中,是任何人都剥夺不了的。让学习成为一种生活的习惯,这比任何名牌大学的校徽重要得多!"这番话他一直记在心中。

要说人生这苦酒,最初是他跟老师共同酿造的,却不能分享。每逢校友聚会,只要听说有钱元凯参加,屈大同退避三舍。

十四

1968年夏秋之交,北京出现了一个署名为"红卫兵6514部队"的秘密组织,神出鬼没,到处张贴大标语,诸如"揪出镇压北京中学文革的小爬虫李钟奇!"、"镇压学生运动的人没有好下场!"、"公社的原则永存!",同时张贴的还有油印小报《原则》。

其实这是我们班五六个同学干的。那番号有虚张声势之嫌,要破译并不难:四中高一五班六斋,反之"6514部队"。

1968年春,由于对中央精神解释的歧义和大学各派组织的介入,"四三派"与"四四派"的冲突不断升级。为了控制局面,工宣队和军宣队进驻北京中学,成立"革委会"。当时负责中学军管的是北京卫戍区副司令李钟奇。

"文革"草率收场,我们有一种被出卖的感觉。与此同时,在两派冲突的背后,传来"老兵"意味深长的挑战,什么"二十年后见高低","你们有笔杆子,我们有枪杆子,看将来是谁的天下?"

无论在校园小路或字里行间,到处投下他们傲慢的身影。这来自"血统"的傲慢,僭越历史的傲慢,年幼无知倒也罢了,关键是他们从未有过什么反省(除少数例外)。这是一种深深的伤害,包括对他们自己,这伤害四十年来依然有效——"平民"与"贵族"的界限有如历史的伤疤,至今没有愈合。

"红卫兵6514部队"在行动——并不是和一个名叫李钟奇的将军过不去,而是为了在官史中留下潜台词,让本来顺理成章的叙述出现漏洞。我们白天刻蜡版印刊物刷标语,半夜出动,甚至把标语贴到卫戍区司令部对面的墙上。

一天半夜,我们骑车蹬平板三轮,来到西长安街小巷深处的北京六中，那儿离天安门不远。在校门外砖墙上刚贴完标语和《原则》小报，从校园内突然冲出十几个男生，手握垒球棒和弹簧锁，而我们只有扫帚铁桶。对峙中，双方身体几乎贴在一起，甚至能听到对方的呼吸。我心跳加快，血向上涌，头脑一片空白，从对方眼中能看到自己渴血的愿望。那是人的原始本能，可追溯到古老的狩猎和战争，在某些时刻仍在控制着我们。

僵持几分钟，如同世纪般漫长。我们后退一步，在对骂中走开。撤退速度要把握好，太快太慢都不行。走出小巷，来到长安街上。秋风乍起，我不禁打了个寒战。

《原则》总共办了三期，无疾而终，几乎没在世上留下什么痕迹，除了在我们心中——我们一夜之间长大了，敢于挑战任何权威。而在刚刚拉开序幕的"上山下乡运动"的浪潮中，所有原则必须修正、变更或延伸。

十五

1968年冬，我们一行十余人，包括田佣老师，到河北安新县白洋淀地区进行"教育革命考察"。这有点儿不可思议，在席卷全国的"上山下乡运动"中，我们就是教育革命的对象。这旅行多少带有那时代的疯狂印记。

我们正赶上武斗高潮,由省军区和三十八军分别支持的两派打得天昏地暗,战火波及白洋淀——那是抗日根据地,农民有着丰富的实战经验。

刚住进县委招待所,就接到讣告及追悼会通知。在县城攻防战中,控制县城的一方七人阵亡。在人家地界别无选择,我们除了献花圈,还把鲁迅的诗句"忍看朋辈成新鬼,怒向刀丛觅小诗"抄成巨幅挽联,横挂在街上。高音喇叭播放着哀乐。我们走进停尸帐篷,向死者三鞠躬。那是我头一次目睹死人,有男有女,皮肤蜡黄,在阳光反衬下呈半透明状,让人想起皮影戏。更可怕的是那股恶臭,要尽力屏住呼吸。

作为来自北京的代表,自然成了"毛主席派来的亲人",造反派头头和死者家属一再挽留我们作流水席上宾。婉言谢绝,我们回到县委招待所,一阵干呕,省了顿晚饭,在昏暗的灯下长吁短叹。

为安全起见,调查先从城关中学开始。那些农村孩子读书之刻苦是超人的:起早贪黑,伴着油灯熬夜,没有娱乐,居住伙食条件极差。他们的心愿就是进城读大学,彻底改变绑在土地上的命运。由于名额有限,要远远超过北京人的标准线才有被录取的可能。这让我们震惊，按这个标准，北京四中有一半考不上大学。这种社会的不公平，远在我们的想象之外。

烽烟再起，对方开始攻打县城。枪炮声不断，特别是晚上，子弹呼啸声让人难以入睡。县城随时都会失守，而县委招待所是主要的攻击目标之一。田佣老师腰扎草绳，蹿出招待所大门侦察火力。只见他猫腰躲避，继而匍匐前进。招待所看门的老头细听枪声后打哈欠说，敌人还很远着呢，不耽误睡觉。

龟缩在县委招待所十来天，除各种传闻，对外界一无所知。在背后军方的压力下，双方终于坐下来谈判。我们乘头一班去保定的长途汽车，逃出围城。

回北京不久赶上过春节。在同学聚会上，杯盘狼藉，醉后高歌痛哭。写旧体诗词成了时尚，互相唱和，一时多少离愁别绪！北京火车站成了我们最后的课堂，新的一课是告别。

大串联

一

1966年9月中旬，我们六个同班同学——张潜、潘宗福、杨晓云、张友筑、徐金波和我，踏上南行列车。

从8月18日起，毛主席在天安门连续八次接见红卫兵，引发"文革"新的高潮——大串联。中共中央文件指示，支持全国各地学生到北京，也支持北京学生到各地交流革命经验，交通及生活补贴由国家支付。于是全国火车及公共交通对大中学生全部免费，各地还纷纷成立接待站，管吃管住。最初那是老红卫兵的特权，外出要政审（家庭出身），但有毛主席推波助澜，闸门一下打开了。

徐金波搞来一张某红卫兵组织的空白介绍信，召集我们几个平民子弟，填上名字——用白纸证明自己清白。

我们持介绍信到东单铁路局售票处排队，领来六张免费火车票。

这是我头一次离开父母出门远行。行李简单，除了塞着几件换洗衣服的小书包，再就是装四卷《毛选》的小木箱——我自己动手做的，上面用红漆写着"把毛主席的话印在脑子里，溶化在血液中，落实在行动上"。

我们在宝鸡转车。夜里很冷，火车头哧哧喷着浓烟，遮暗站台的灯光。到成都已是后半夜了。扑面而来的是南方湿润温柔的空气，缓缓流动，带有火车行进的震颤感。在车站广场的红卫兵接待处，我们被分到成都十四中。听说我们来自北京，负责接待的师生格外热情，特地准备了消夜——炒笋丝外加大桶米饭。男女分睡不同教室，打地铺，课桌椅堆在一边。我们很兴奋，窃窃私语，直到有人抗议才噤声，倒头昏睡过去。

第二天上午到四川省委大院。大字报铺天盖地，直指西南地区第一把手李井泉。我们还保留学生的习惯：边看边抄。大字报透露了各种惊人内幕。比如，在天府之国，困难时期竟饿死数百万人。而李井泉的名言几乎家喻户晓："中国这么大，哪朝哪代没有人饿死！"还有那些腐败案例，就像色情小说让人脸热心跳。

离成都百余里的大邑县安仁古镇，因刘文彩地主庄园和"收租院"而闻名，成了大串联的热点。1965年，四川美院雕塑系师生和当地艺人一起，创作了大型泥塑群"收租院"，轰动全国，并在北京美术馆展出，每个学校都组织师生参观。老师还让我们写了观后感。

安仁古镇有不少深宅大院，刘文彩庄园只是其中一个。我们在人流中挣扎，身不由己，无落脚之处。日影西斜，人渐稀疏，忽闻异香，路边有人架油锅炸子鸭，每只一毛五。于是各买一只，放进随身装馒头的塑料袋，啃得仔细，只剩下鸭架碎骨头。回长途车站的路上，我和潘宗福用馒头蘸油汁咂巴滋味，赞不绝口，极尽天下最高级形容词："真他妈香！"即便是瘟鸭，也足以让我们一路乃至一生回味无穷。

张友筑是我们班篮球中锋，人高马大，一说起他家烙的芝麻酱糖饼就眉飞色舞。我给他起了个外号"芝麻酱糖饼"。可他一到成都拉肚子，卧床不起，只好中途退场返回北京。我把他外号改成"阿痢痢"，除了声音效果，更透着带异国情调的亲昵。

到重庆，我们住歌乐山下的西南政法学院，离烈士陵园很近，步行可及。这里曾是国民党"军统局"大本营和"中美特种技术合作所"。我们是读《红岩》长大的——那些触目惊心的故事都发生在这里。而歌乐山古木参天，云雾飘荡，有如仙境一般。

二

重庆朝天门码头。鸣笛三声，客轮解缆起航，甲板震颤。我们住三等舱，上下共六个铺位。由于船票紧张，两人一床，即使如此，比坐火车舒服多了——平稳无声，空气新鲜。在甲板上眺望峭壁，不禁想起课本中李白的诗句："两岸猿声啼不住，轻舟已过万重山。"猿是早就绝迹了，而舟因超载随时有倾覆之危。除了播放语录和革命歌曲，各舱房小喇叭反复提醒大家，不要集中在船舷一侧赏景。过三峡正是半夜，我们沉沉睡去，那美景未在梦中留下任何痕迹。

同舱有北京工业大学的学生，一男三女，男的叫徐荣正，外号"老 pia"，字不可考，估摸与他骨质增生的下颌（学名"巨颌症"）有关。我猜是指挥了个大马趴：从 pia 到 pia，头一个象声词，后一个象形词。还有三个厦门集美水产学校的男生，其中有个翁其慧，憨厚寡言，但跟我很合得来。

船上三日，我们三拨人混得厮熟，决定结伴而行。老pia精明强干，先人后己，自然成了首领。他摊开地图，为我们指明前进的方向：在武汉登陆，休整几日，经株洲去韶山，再杀向广州。

我们住在汉口一所中学。我去看望大舅。他黄埔出身，后上金陵大学，七七事变后到湖北打游击，任应城县县长兼游击大队司令。"文革"爆发时他是武汉市副市长，由于是民主人士，本无实权，在头一波大浪中幸存下来。

大舅家在天津路一栋小楼，有门卫站岗。客厅宽敞明亮。我生怕陷进那庞大的沙发中，仅坐一角，兔子般警觉。房门开关，表哥表姐进进出出，似乎在等待着最尊贵的客人——暴风雨。平日健谈的大舅神不守舍，笑声空洞，随烟雾飘散在天花板上。只有大舅妈嘘寒问暖，为我做了一大碗热汤面。我虽年幼，但自知多余，喝完热汤面便告辞了。

从武汉到株洲，客车已满，只能搭乘闷罐车。车厢摇摇晃晃，走走停停，从缝隙中隐现外部风景。最麻烦的是上厕所，停车时不敢走远，男女分左右下车，就地解决。列车行进中,男的憋不住转身就尿,女的则用毯子互相遮挡。那气味熏得人喘不过气来。

到株洲,换卡车去韶山。一路都是举红旗的长途队伍,有的走了一个多月了。他们蓬头垢面,衣衫褴褛,一见我们来了精神,唱歌背语录。

朝圣之旅的终点,只不过几间空荡荡的砖瓦房,周围是半秃的山坡。这就是红太阳升起的地方。我从小木箱取出四卷《毛选》,和同伴一起在故居前举行宣誓仪式,举起右臂:把革命进行到底。

三

火车一路向南,气温骤升,车厢燥热难忍,大家纷纷脱掉外衣,最后男生索性光膀子,女生只剩下贴身小褂。

半夜到广州。到处是摇曳的棕榈树,蒲扇般的硕叶裹挟着湿热的风。我们被分到华南农学院。大家冲向水龙头,只穿裤衩,冲洗得痛快淋漓。

我大姨在广州,她和大姨父都是中学老师。他们多少都受到了冲击,但和内地相比处境还好。由于独特的地理位置,广州的开放程度远远超过内陆。我们参观了黄花岗、越秀公园、白云山和广交会——对我们来说,大串联正发生微妙的变化:以革命的名义云游四方。

老pia随身带着一台基辅135照相机,为我们留下难忘的瞬间。我手上有几张集体合影。取景框切割场景,摒弃喧哗,让动感世界变成模糊影像。而我们表情僵硬,目光呆滞,有点儿像兵马俑,似乎在等待被某一隐秘的声音唤醒。

广州是另一个世界。对我们北方人来说,那热带风情充满异国情调,甚至就是异国——连语言都不通。半路找厕所,人家根本听不懂,急中生智,用笔写下来才行。更甭提街头那些女孩子了,她们风情万种,即使穿绿军装蓝外套,也会露出藕红杏黄的内衣一角。

四

最后一站上海,住国棉十一厂。我八岁曾随母亲来上海看外公,在同伴中难免透着饱经世故的矜持。是夜,我带队去外滩,展示黄浦江的巨轮和十里洋楼,好像那是我们家产业。在令人晕眩的夜景背后,是老百姓的日常生活——弄堂上空晾满花花绿绿的衣衫,好像万国旗;公共汽车转弯到站时,售票员探头窗外,大声吆喝,用木板把车帮敲得山响;到处是举小旗的老人,与其说是维持治安,不如说是为了证明自己健在;一天,我们早起排队领火车票,只见在清晨微光中,家家户户在门前刷马桶,如同某种庄重的晨祷仪式。

我到瑞金路上海广慈医院看望二姨。到处贴满大字报,医院仍在正常运转。在护理部找到二姨。她作为护理部主任正忙着为护士排班调配。待消停下来已是中午,她带我到附近一家餐厅吃午饭。

餐厅人很少。二姨特地点了鱼和肉,为我补充营养。我们相对而坐,阳光斜照在餐桌上。我说起一路见闻,二姨听着,偶尔插话问问,目光茫然,却说了些鼓励的官话。那竟是我们最后一面——两年后,她在审查中被迫害致死,家属连尸体都没见到就火化了。

那是个寂静的中午,挂钟在墙上嘀嗒走动。脖上奇痒,我顺手一摸,竟是个虱子。大串联中大家管虱子叫"革命虫",它们生命力极强,药喷火烤水烫冰冻都没用,坚持跟人一起走遍天涯海角。

我捏住虱子,放在桌下,用指甲"咔"地掐死。二姨显然没注意到,否则大惊小怪,非把我拉回医院彻底消毒不可。那声音微小但清脆，若通过扩音器和高音喇叭放大，必有如一声惊雷。

五

1966年11月10日，赴北京告状的一千多名"上海工人革命造反总司令部"（简称"工总司"）成员，在上海西北郊三十公里嘉定县安亭站受阻后卧轨，拦截开往北京的14次特快列车，造成京沪线中断二十多小时。这就是著名的"安亭事件"。

恰好就在第二天，我们持回京车票来到上海站，被眼前的景象惊呆了：候车厅和站台挤得水泄不通，连铁轨上都坐满了人，喧嚣和浑浊的空气如浓雾遮天盖地。

我们从早上等到下午，一筹莫展，断定不可能有任何火车进出。在老pia领导下，我们决定立即行动——"上海站特别纠察队"应运而生。首先由老pia出面，与另一些北京的大中学生协商，纠察队迅速发展成好几十号人；进而开始与上海铁路局造反派组织谈判。

老pia给我布置了任务，即与华东局及上海市委的官员沟通。从大字报上早就知道那些名字，什么陈丕显、曹荻秋。以纠察队的名义，我霸占了调度室一部电话机，先通过查号台得到上海市委总机的号码，转拨到曹荻秋办公室，没人接。我又接通华东局陈丕显办公室，终于有人拿起听筒，自称秘书，我先声夺人，坚持要跟他本人讲话。对方不知道"上海站特别纠察队"的来头，穷于应付。我大发雷霆，让他告诉陈丕显，要这位华东局第一书记对上海站的空前混乱负责。秘书唯唯诺诺，答应转达。

由于"中央文革小组"的介入，"安亭事件"的危机过去了。"纠察队"连夜清理车站，赶走坐在铁轨上的人，并把住每节车厢的门，验票上车。我们嗓子喊哑了，仗人多势众，制伏了某些捣乱分子。第二天上午，开往北京的头班火车终于缓缓启动。我们捷足先登，关上车窗车门，"上海站特别纠察队"结束了为时不到两天的历史使命。

车厢严重超载：每节车厢限额一百零八人，实际上却是三倍多。人们在行李架、椅背和地上坐卧，厕所也挤得满满了，根本无法使用。列车走走停停，有时一停就是几个小时，大家轮流下车找食饮水如厕。往往无预先鸣笛警告，突然启动，车下的人紧追慢赶，从窗口爬进来，而动作慢的则永远被抛在后面。

我的"座位"在椅背上，实在熬不住，就把头卡在两个挂衣钩间睡去，居然借此在梦中保持住平衡。我做了一个回家的梦，又做了一个离家出走的梦。

三天三夜。火车驶进北京。

父 亲

你召唤我成为儿子
我追随你成为父亲

——《给父亲》

一

对父亲最早的记忆来自一张老照片：背景是天坛祈年殿，父亲开怀笑着，双臂交叠，探身伏在汉白玉栏杆上。洗照片时，他让照相馆沿汉白玉栏杆剪裁，由于栏杆不感光，乍一看，还以为衣袖从照片内框滑出来。这张照片摄于我出生前。喜欢这张照片，是因为我从未见他这样笑过，充满青春的自信。我愿意相信这是关于他的记忆的起点。

> 1949年10月,我们给儿子取了小名"庆庆"。有了第一个儿子,我们俩都很忙。美利给儿子做小衣服,经常给他洗澡;由于母乳不够,每天还喂几次奶糕。我经常抱他在屋里走来走去,拍他入睡,还变换各种角度给他照相。小家庭有了这个小宝贝,一切都有了生气。(摘自父亲的笔记)

出生后不久,我们家从多福巷搬到府前街,离天安门城楼很近。每逢国庆,父亲抱着我,和邻居们挤在小院门口,观看阅兵式和游行队伍。最壮观的还是放礼花。次日晨,在小院里捡起未燃的礼花籽,排成长串儿,点燃导火索,五颜六色的火花转瞬即逝。

长安街很宽,斜对面就是中山公园,父亲常带我去那儿晒太阳。有轨电车叮叮当当驶过长安街,府前街有一站。父亲喜欢带我坐电车,到了西单终点站再返回来。非高峰时间,车很空,扶手吊环在空中摇荡。我喜欢站在司机身后,看他如何摆弄镀镍操纵杆。我和父亲管它叫"当当车"。

夏天,中山公园几乎每周末都放露天电影。附近住户带着马扎板凳先去占地方,游客散坐在草坪或石阶上,等着天完全黑下来。由于换盘或断片,银幕一片空白,只剩下单调的机械转动声。

给我印象最深的是苏联动画片《一朵小红花》,具体情节都忘了,只记得女主角是个小姑娘,为寻找世界上最美的小红花与怪兽(王子的化身)相逢。影片结尾处,她一路呼喊"凯哥哥——"异常凄厉,一直深入我梦中。

最让我困惑不解的是:一放电影,银幕后的宫墙绿瓦就消失了。我追问父亲,但由于表达不清,所答非所问。后来才明白竟有两个世界——银幕上的世界暂时遮蔽了现实世界。

某个周日晚上,中山公园重放《一朵小红花》。那天中午,我过度兴奋,怎么也不肯午睡,父亲一怒之下,把我关到门外,我光着脚哭喊,用力拍门,冰冷的石阶更让我愤怒。不知道我是怎么睡着的。醒来,天花板上一圈灯影,脚上的袜子让我平静。母亲探过头来,关切地看我。我问起《一朵小红花》,她说天黑了,我们错过了电影。

二

庆庆很不愿意上托儿所,每到星期六去接他,总是特别高兴,而星期一早上送回去就难了。有个星期一早上,怎么劝说也没用,他只有一句话:"我就不去托儿所!"我们急着上班,只好骗他说去动物园,他信了。快到时他脸色紧张起来,看出是去托儿所,便大声哭叫,我紧紧抱住他,怕他跳车。到了托儿所门口,他在地上打滚,我只好硬把他抱进托儿所。他看见阿姨才安静下来,含着眼泪说了声"爸爸,再见!"(摘自父亲的笔记)

我自幼抵抗力差,托儿所流行的传染病无一幸免。尤其是百日咳,咳起来昏天黑地,彻夜不眠,父母轮流抱我。一位医生说,只有氯霉素才有效。这药是进口的,非常贵,父亲把积攒的最后一两黄金买下十几颗。遵医嘱,每颗去掉胶囊,分成两半,早晚各服一次。那药面特别苦,一喝就吐。父亲对我说,这药特别贵,你要再吐,父母就没钱再买了,这次一定要咽下去。我点点头,咬牙流泪把药咽下去。

我长大后，父母反复讲这故事，好像那是什么英雄业绩。其实这类传说是每个家庭传统的一部分，具有强大的心理暗示，甚至背后还有祖先们的意志——只许成功不许失败。

> 有一次，庆庆出麻疹，住在托儿所隔离室。我们去只能隔着玻璃窗看他，但他也很高兴，比画着手势跟我们交谈。后来听托儿所阿姨说，那天我们走后，他一夜站在床上，通宵不肯睡。阿姨问他为什么不睡，他说要等爸爸妈妈。（摘自父亲的笔记）

弟弟刚好相反，他无比热爱托儿所。每星期六父亲接他，他扭头不屑地说，我不去你们家。"振开和振先从小性格不同，比如说，给他们一人一个月饼，两个人的吃法就不一样，振开先把月饼馅吃光，再吃月饼外壳。振先则相反，先吃月饼外壳，然后把馅儿用纸包起啦，放在兜里慢慢吃，一个月饼可以吃好几天。"（摘自父亲的笔记）

我小时候父亲很有耐心，总陪我玩，给我讲故事。他在一个小本子的每页纸上画个小人，每个动作略有变化，连续翻小本子，那小人就会动起来，好像动画片。弟弟妹妹逐渐取代了我，我有点儿失落有点儿吃醋，也有点儿骄傲——我长大了。

从阜外大街搬到三不老胡同1号，独门独户。平时父母早去晚归，在钱阿姨监督下，我们按时睡觉起床做功课，只有星期天例外。妈妈起得早，帮钱阿姨准备早饭，我们仨赖在父母床上，跟父亲玩耍。有一阵，我们迷上语言游戏，比如按各自颜色偏好，管父亲叫"红爸爸"、"蓝爸爸"和"绿爸爸"，再随意互换，笑成一团。

三

父亲确有不同的颜色。

与父亲最早的冲突在我七岁左右，那时我们住保险公司宿舍，和俞彪文叔叔一家合住四室的单元，每家各两间，共用厨房厕所。那年夏天，俞叔叔被划成右派，跳楼自杀。他的遗孀独自带两个男孩，凄凄惨惨戚戚。

那场风暴紧跟着也钻进我们家门缝儿——父母开始经常吵架，似乎只有如此，才能释放某种超负荷的压力。转眼间，父亲似乎获得风暴的性格，满脸狰狞，丧心病狂，整个变了个人。我坚定地站在母亲一边，因为她是弱者。

起因都是鸡毛蒜皮的小事儿，要说也并非都是父亲的错。比如他喜欢买书，有一次买来城砖般的俄汉大词典，他正学俄文，买字典本无可厚非。我至今还记得那词典定价十二块九，是我当时见过最贵的书，对五口之家的主妇来说还是有点儿难以接受。那是家庭政治中最晦暗的部分。

有一次，父亲把着卧室门大叫大喊，母亲气急了，抄起五斗柜上花瓶扔过去，他闪身躲过，花瓶粉碎。我正好在场，作为唯一的目击者，吓得浑身发抖，但我还是冲到父母中间，瞪着父亲，充满了敌意。这是他没料到的，扬起巴掌停在空中。

母亲生病似乎总是和吵架连在一起。每当她卧床不起，我就去附近的糕饼店买一块奶油蛋卷，好像那是仙丹妙药。走在半路，我打开纸包，打量白雪般溢出的奶油，垂涎欲滴，却从未动过一指头。

一天晚上，父亲认定我偷吃了五斗柜里的点心。我虽以前偷吃过，但那回纯属冤枉。我死不认账，被罚跪并挨了几巴掌。最让我伤心的是，母亲居然站在父亲一边，尽管她暗中护着我，拦住鸡毛掸子的暴打。

红爸爸蓝爸爸绿爸爸，突然变成黑爸爸。

搬到三不老胡同1号，父母吵架越来越频繁。我像受伤的小动物，神经绷紧，感官敏锐，随时等待灾难的降临。而我的预感几乎每次都应验了。我恨自己，恨自己弱小无力，不能保护母亲。

父亲的权力从家里向外延伸。一天晚上，我上床准备睡觉，发现父亲表情阴郁，抽着烟在屋里踱步。我假装看书，注意着他的一举一动。他冲出去，用力敲响隔壁郑方龙叔叔的门。听不清对话，但父亲的嗓门越来越高，还拍桌子。我用被子蒙住头，听见的是咚咚心跳。我感到羞愧。父亲半夜才回来，跟母亲在卧室窃窃私语。我被噩梦魇住。

在楼道碰见郑叔叔，他缩脖怪笑，目光朝上，好像悟出人生真谛。我从父母的只言片语拼凑出意义：郑叔叔犯了严重错误，父亲代表组织找他谈话。多年后父亲告诉我，若调令早几个月，他肯定犯错误在先，正好与郑叔叔对换角色。

> 振开贪玩，学习成绩平平，但语文写作经常得到老师的称赞。学校开家长会，谈到振开的缺点时，

总是"不注意听课","爱做小动作"等等。有一次，大概是期中测验，我看他的成绩册，数学是4.5分。我觉得奇怪，怎么这样打分。我问振开，他说："5分是满分，我差一点，所以给4.5分。"他这么解释，似乎有些道理，但我还是不大相信。我去学校问了老师，才知道振开得了45分。他在4和5之间加了一个点，便成了4.5分。为这事，我批评了他，他也认了错。(摘自父亲的笔记)

是岁月最终让父母和解了。到了晚年，父母总有说不完的话，让人想到"老伴"这词的含义。父亲过世三年后，母亲对采访者说："我们一生的婚姻生活是和谐与温馨的，虽然这中间有过暴风骤雨……"(摘自母亲的口述记录)

四

从1960年夏天起，父亲从民主促进会借调到中央社会主义学院，在教务处工作。那是中共统战的一部分，所有学员都来自各民主党派上层。

每逢周末，我带弟弟妹妹去玩。社会主义学院位于紫竹院北侧，乘11路无轨电车在终点站下车，沿白石桥向北走五六百米。一路荒郊野地，流水淙淙，蛙噪虫鸣。那是白色的六层楼建筑群，前面喷水池总是干着的。大门有军人站岗，进门登记，后来跟传达室的人熟了，免了这道手续。

父亲在他宿舍旁临时借了个房间。我们跟着沾统战的光，那里伙食好，周末放电影，设备先进，比如有专用乒乓球室。父亲是国家三级乒乓球裁判（最低一级），主裁的都是业余比赛，却保持一贯的专业精神。他正襟危坐，镜片闪闪，像机器人般呆板，一字一顿报分数"三比二，换发球"，并交叉双臂宣布交换场地。

父亲很忙，往往在餐厅吃饭时才出现。我喜欢独自闲逛，常常迷失在楼群的迷宫中。跟开电梯的王叔叔混熟了，我帮他开电梯。他是转业军人，更让我充满敬意，缠着问他用过什么枪。后来听说他在"文革"中自杀了。

有一天，父亲神秘地告诉我，有个学员的宿舍被撬，洗劫一空，损失达十万元。那可是天文数字。父亲又补了一句："没什么，他当天坐飞机回上海，又置办了一套新家什。他可是全国有名的'红色小开'……"他低声说出那名字,好像是国家机密。

闲得无聊,我跟弟弟妹妹躺在床上,齐唱《我们是共产主义接班人》,唱到结尾处,他俩总是故意走调,把我气疯了——这可是立场问题,更何况是在这样的地方。我向父亲告状,他摸摸我的头说:"他们比你小,你该耐心点儿。"

> 那时正是困难时期,他们来学院,多少可以吃得好一点。我们看孩子们可怜,有时也给他们买几块高级糖。看孩子们吃得高兴,让我们感到安慰。在那艰难的岁月里,我们想尽办法让孩子吃得好些,怕营养不良影响他们的发育成长。学院在校内拨出一块空地,分给职工们作自留地。我把给我的三分地种了绿豆和白薯,平时没时间管,到秋天倒收获不少。我和振开一起把绿豆、白薯装进麻袋运回家里,总算添了些口粮。(摘自父亲的笔记)

那是我头一次干体力活儿。顶着毒日头,用铁锹挖出白薯,抖掉土疙瘩,装进麻袋。父亲蹬平板三轮车,我坐在麻袋上,为劳动的收获骄傲,更为与父亲平起平坐得意。

堆在阳台过冬的白薯变质了,我坐在小板凳上啃烂白薯。父亲刚买来牡丹牌收音机和电唱机。收音机反复播放《春节序曲》,和烂白薯的味道一起潜入记忆深处。

五

1974年夏天,父亲买来中华书局刚出的繁体字版《清史稿》,共四十八卷,书架放不下,就摞在他床边地上。我发现他总在翻看同一卷,原来其中有不少我们祖上的记载。

家谱仅上溯到康熙年间,原籍安徽徽州休宁县,第二十七代赵承恒迁至浙江归安县(现湖州一部分)。祖宅清澜堂坐落在湖州竹安巷,最早的主人赵炳言官至湖南巡抚、刑部右侍郎。三子赵景贤早年师从俞樾的父亲俞鸿渐,乡试与俞樾同榜考中举人。按俞樾的说法,"自幼俪侹,虽翩翩公子,而有侠丈夫风,呼卢纵饮,意气浩然"。后捐巨款买官封为知府,并未上任。

太平军兴起,赵景贤在湖州组织民团操练,并用青铜包住西城门(湖州至今沿称青铜门和青铜桥)。1860年

2月,李秀成大军逼近湖州。赵景贤固守湖州两年多。这是清史上著名的湖州保卫战。清政府为保存将才,另有委任,令他"轻装就任",但他决心死守,与城同在,最终弹尽粮绝,1862年5月城破被俘。

据《清史稿》记载:"景贤冠带见贼,曰:'速杀我,勿伤百姓。'贼首谭绍洸曰:'亦不杀汝。'拔刀自刎,为所夺,执至苏州,诱胁百端,皆不屈。羁之逾半载,李秀成必欲降之,致书相劝……秀成赴江北,戒绍洸勿杀。景贤计欲伺隙手刃秀成,秀成去,日惟危坐饮酒。二年三月,绍洸闻太仓败贼言景贤通官军,将袭苏州,召诘之,景贤谩骂,为枪击而殒。"

湖州城破,赵家死的死逃的逃。长子赵深彦在湖南闻此噩耗,立即饮毒酒自杀,年仅十二岁。咸丰皇帝得悉赵景贤死讯,下诏称其"劲节孤忠,可嘉可掬",按高规格予以抚恤,在湖州专立祠堂,并关照国史馆立传。

多年后,俞樾成了一代经学大师。一天,他在苏州曲园家中沉坐,有人求见,来者正是赵景贤的孙子赵铉。他拿来祖父遗墨,包括湖州告急时让人带出的密信。俞樾展读赵景贤的几首五言律诗,长叹不已,其中有李鸿章在奏折中引用的名句:"乱刃交挥处,危冠独坐时。"

次子赵滨彦,也就是我的曾祖父,因父殉职而被封官,深得湖广总督张之洞信任,主管广东制造局,后张之洞调任两江总督,他任上海制造局督办及两淮盐运使和广东按察使等职。由于国乱并与上司不和,他以年老多病辞职,在苏州定居。数月后,武昌起义爆发,在推翻大清帝国的革命功臣中,居然有我外公孙海霞。

赵家曾富甲一方,妻妾成群,支脉横生。俗话说,富不过三代,到我爷爷赵之骝那辈就败落了,靠典卖字画古董度日。

轮到我父亲,恐怕连辉煌的影儿都没见过。他四五岁时母亲病故,十二岁那年父亲辞世,由舅舅收养。他不得不中辍学业,从十五岁起靠抄写文书糊口,还要抚养弟妹。父亲写得一笔好字。据在他手下工作过的徐福林先生回忆,当初进保险公司,父亲见他字写得差,让他反复抄写元代宋濂的《送东阳马生序》的碑帖练字。

赶上兵荒马乱,父亲被卷在逃难的人流中,走遍中国大半个南方。在桂林时,有一天日本飞机俯冲扫射,他慌张中撑起雨伞挡子弹。那年头命不值钱,周围的人一个个倒下,他却奇迹般活下来。边打工边自学,他终于考进重庆中央信托局。1946年年初,在调往北京工作的途中,他与母亲在重庆珊瑚坝机场邂逅。

> 我俩结识于抗战胜利的1946年,当时因为抗战,父母分开七八年了,我陪母亲乘飞机到重庆看望父亲。在珊瑚坝机场下飞机后,想打一个电话,但不知如何拨通,无意中发现一个年轻英俊的小伙子正在打电话,我妈妈让我上前请教,此人正是赵济年。(摘自母亲的口述记录)

北京解放前夕,父亲利用职权,协助地下党的堂哥收集全城粮食储备等情报。一天晚上,国民党宪兵挨家挨户搜查,由于顶撞宪兵队长,他被抓去关了一夜。那时母亲已怀上我。后来说起,他在昏暗的牢里彻夜未眠,盼着一个孩子和新中国的诞生。

六

父亲爱读书,但最多算得上半个文化人。他的文学口味博杂,是鲁迅、茅盾、张恨水、艾芜和茹志鹃的"粉丝"。他订阅各种各样的杂志,从《红旗》、《收获》、《人民文学》到《电影艺术》、《俄语学习》、《曲艺》和《无线电》，很难判断其爱好与价值取向。

他骨子里却是个技术至上主义者。困难时期，他买来牡丹牌收音机和四种变速的电唱机，把《蓝色多瑙河》带进我们阴郁的生活。"文革"焕发了他新的热情，从路线斗争转向线路连接——半导体收音机。

从1967年冬开始，他奔走于各种器材店之间，买回一堆电子零件。家里成了作坊，从写字台扩张到餐桌，快没地方吃饭了。他借助各种参考书，把红红绿绿的电线焊在接线板上。焊接前把电烙铁戳进松香，吱吱冒出浓烟。我半夜醒来，灯总是亮着，云雾缭绕，墙上是他歪斜的影子。经过反复实验，噪音终于变成样板戏的过门，全家都跟着松了口气。

终于进入最后的程序：父亲用三合板粘合成木匣，装上小喇叭，把鼠肚鸡肠的线路塞好，合上盖，郑重地交给我，好像一件传家宝。去学校路上，我书包里的半导体正播放《红色娘子军》，由于接触不良或天线角度问题，时断时续，得靠不停拍打才能将革命进行到底。到学校还没来得及显摆就散了架。

1975年夏天，我们家买来九英寸红灯牌黑白电视机，这是全楼（除"民进"秘书长葛志成家外）的第一台，引起小小的轰动。每天晚饭后，邻居们拥进我家，欢声笑语。大家好像共看一本小人书。关键时刻出现信号干扰，父亲连忙救场，转动天线，待画面恢复正常，得，敌人已被击毙。为照顾后排观众，又在电视前加上放大器，画面变形，有损正面人物形象。

改革开放非常及时，为父亲对技术的热情指明方向。从老式转盘录音机到单声道答录机，再向四个喇叭以至分箱式立体声挺进——音响革命让我们处于半聋状态。与此同时，父亲又匀出少许精力给彩电和摄像机。而电脑问世，才真的把他的魂儿摄走。他单指敲键，却及时更新换代，一直走在忠实消费者的最前列。在晚年赶上新时代的末班车，还是有所遗憾，他对我说，如果再年轻二十岁，他一定改行搞电脑。显然他高估了自己，那可不是用电烙铁就能焊接的世界。

七

解放后，父亲先在人民银行总行工作，1952年参与筹建中国人民保险公司，成了新中国保险业创始人之一。

1957年夏秋之交，他调到中国民主促进会，担任中央宣传部副部长，那完全是虚职。"民进"真正的灵魂人物是党支部书记。他刚上任时的书记叫王苏生，待人诚恳热情，书生气十足，时常来家坐坐，谈天说地。二十世纪五十年代末，王苏生因右倾被降级调到哈尔滨，"文革"中自杀了。

他的继任徐世信是典型的笑面虎。不过得承认，他乒乓球打得真棒，抽杀凶猛，无人能抵挡其凌厉的攻势。他级别不高，但实际上掌控这小小的王国，每个人对他都敬而远之，谨言慎行。

暑假我们常去机关打乒乓球。有一天，徐世信约我们几个男孩儿比赛。他直握球拍，时而低沉的下旋球，时而飘忽的弧圈球，变化多端，以守为攻。我们纷纷败下阵来，垂头丧气。

他把残兵败将带到会议室，关上门，说是随便聊聊，没几句话就进入正题，原来想了解父亲们在家的言行。我们年纪尚小，却深知其中利害，装傻充愣。我对父亲不满，还是抱怨了几句，比如教育方式粗暴什么的。徐世信鼓励我说下去，我顿时语塞，不知再说什么好。徐世信总结说，你们的父辈都是从旧社会过来的，难免带着旧思想旧习气，为帮助他们进行思想改造，需要你们少先队员的配合。他再三叮嘱，这次会面一定要保密，不能告诉父母。今后有事跟他保持联系。这是党对你们的信任，他最后说。

会后徐世信把我单独留下。他沉吟片刻，问我是否有支钢笔手枪，我懵了。他说派出所来人，调查这钢笔手枪的下落。大约两三个月前，为吓唬弟弟，我声称我的钢笔是无声手枪，随手一挥，在弟弟床头墙上留下弹洞（我事先伪造的）。当时真把弟弟唬住了，我自是十分得意。这本来纯属恶作剧，竟弄假成真。至于派出所出面什么的，多半是骗人，但看来他确实掌握多种信息渠道。徐世信最后摸摸我的头说，我相信你说的是实情，又加上一句，你今天表现很好。

我回家后做贼似的，不敢与父亲对视。他问起时，我只提到跟徐世信打过乒乓球，输了。

八

1999 年秋天，父母到美国探亲，我常开车陪他们出游。一天回家路上，父亲无意间说起一件事，让我大吃一惊。当时父母坐在后座,我正开车,试图从后视镜看到他的表情。晚饭后,母亲先去睡了,我和父亲隔着餐桌对坐,我提起路上的话茬儿,他似乎也在等这一刻,于是和盘托出。

谢冰心在民进中央挂名当宣传部长,凡事不闻不问,父亲身为副部长,定期向她汇报工作。这本是官僚程序,而他却另有使命,那就是把与谢的谈话内容记录下来交给组织。父亲每隔两三周登门拜访,电话先约好,一般在下午,饮茶清谈。回家后根据记忆整理,写成报告。

据父亲回忆说,大多数知识分子是主动接受"思想改造"的,基本形式有两种,一是小组学习,一是私下谈心。像谢冰心这样的人物,自然是"思想改造"的重点对象之一,把私下谈心的内容向组织汇报,在当时几乎是天经地义的。

让我好奇的是,他能得到什么真心实话吗?父亲摇摇头说,谢冰心可不像她早期作品那么单纯,正如其名所示,心已成冰。每次聊天都步步为营,滴水不漏。只有一次,她对父亲说了大实话:"我们这些人,一赶上风吹草动,就像蜗牛那样先把触角伸出来。"看来她心知肚明,试图通过父亲向组织带话——别费这份儿心思了。

那是深秋之夜，夜凉如水，后院传来阵阵虫鸣，冰箱嗡嗡响。我劝父亲把这一切写出来，对自己也对历史有个交代——这绝非个案，涉及一段非常特殊的历史时期，涉及知识分子与革命错综复杂的关系。他点点头，说再好好想想。这事就此搁置，再未提起。

七十年代初我开始写诗。父亲从湖北干校回京休假，说起谢冰心留在北京，仍住民族学院宿舍。父亲回干校后，我独自登门拜访。

一个瘦小的老太太开门，问我找谁，我说我是赵济年的儿子，特来求教。谢冰心先把我让进客厅，沏上茶。她丈夫吴文藻也在，打个招呼就出门了。她篦过的灰发打成髻，满脸褶皱，眼睛却异常明亮；身穿蓝布对襟袄，黑布鞋，干净利索。我坐定，取出诗稿，包括处女作《因为我们还年轻》和《火之歌》等。她评价是正面的，对个别词句提出修改建议。兴之所至，她把我从客厅带进书房，在写字台前坐下，从背后的书柜取出《汉语大字典》，用放大镜锁定某个词的确切含义。

此后我们有过短暂来往。她还专门写了首和诗《我们还年轻》，副标题是"给一位年轻朋友"。或许由于诗歌与青春，她对我毫无戒心。也正由于此，与父亲的角色相反，多年后我把她卷进一个巨大的旋涡中。环环相扣，谁又能说清这世上的因果链条呢？

父亲，你在天有灵，一定会体谅我，把你想说的话说出来。那天夜里我们达成了默契，那就是说出真相，不管这真相是否会伤害我们自己。

九

父亲说："人生就是个接送。"

1969年无疑是转变之年。那年开春，我被分到北京六建公司当工人，接着弟弟去了中蒙边界的建设兵团，母亲去了河南信阳地区的干校，秋天妹妹由母亲的同事带到干校，父亲留守到最后，年底去了湖北沙洋的干校。不到一年工夫，人去楼空，全家五口分四个地方，写信都用复写纸，一式四份。

> 振开被分配到六建当工人。他第一次离开家，做父母的自然不放心。头天晚上我们全家五个人，到新街口牛奶店要了牛奶和点心，算是给他送行。在收拾行李时，我们怕他冻着，让他把家里仅有的

一件老羊皮大衣带上。第二天,他离开家,我们都送到大门口。我还想再看他一眼,知道他在崇元观上车,便在他走后不久,搭无轨电车赶到那里,我看见他在等车,没跟他打招呼,只是在远处看他上车后才回家,我的眼眶湿润了。(摘自父亲的笔记)

我在河北蔚县工地开山放炮,在山洞建发电厂。那年夏天收到父亲的电报"珊珊病速归",我请了假,从老乡家买来新鲜鸡蛋,搭工地运货的卡车赶回北京。珊珊连发高烧,诊断为风湿性关节炎,我一到家烧就退了。

那一周像是偷来的时光。北京城空荡荡的,北海公园更是游人稀少。我们划了船,照了相,在漪澜堂吃午饭。父亲为我点了焦熘丸子,为珊珊点了红烧鱼。他喝了瓶啤酒,微醺地对女服务员说,这是我儿子女儿,你看我多福气。

每年十二天法定探亲假,加上倒休,让我沉闷的生活有了奔头。我先去河南、湖北探亲,再顺道游山玩水。头一年,从河南母亲的干校出发,我和珊珊一起去湖北沙洋看望父亲。第二年我独自从河南去湖北,那时父亲从干校下放到农村,住在老乡家。

那时我正好在高桥镇的"五星三队"插队。有一天，我正在地里干活，有人告诉我，说振开来了。我匆忙赶回住处，远远看见振开蹲在池塘边给我洗衣服。他把我所有的床单衣服全都洗了，还把我的人猪同住的房间也打扫干净。当天晚上，我的房东叫他儿子去买了几块豆腐，把振开当贵客相待。当地农民每天三餐只有腌韭菜，豆腐无疑是珍品。振开带来三个肉罐头。第二天，我和振开一起步行到高桥镇，在一家小饭馆吃饭，我独自把三个肉罐头全都吃光了。振开看我这样狼吞虎咽，觉得我可怜，他虽然没说什么，但我看得出来。（摘自父亲的笔记）

1971年深秋，父亲独自回京待了几日。那天晚上，我备了几道小菜，爷俩边喝边聊。我提到"九一三"事件，越说越激动，父亲随声附和。我们都醉了，隔着书桌昏睡过去。第二天早上，我醒来，发现父亲呆望天花板，很久才开口，他再三叮嘱我不要出门乱说，免招杀身之祸。由于酒精的作用，父子第一次结成政治同盟。

1972年春节，全家在北京团聚。我把《你好，百花山》一诗的初稿拿给父亲看。没想到他责令我马上烧掉，其中一句"绿色的阳光在缝隙里流窜"把他吓坏了。我看见他眼中的恐惧，只好照办。我下了决心，此后再也不把自己的作品给他看。

十

1972年，父母先后从外地回到北京，母亲随父亲一起调到沙河的干校，在医务室工作，珊珊留在湖北，在襄樊地区某军工厂当技术员。

父亲那年五十整，年富力强，每天都干农活儿。周末父母回家休假，弟弟在北京泡病号，空荡荡的家顿时显得拥挤了。我的朋友三教九流，穿梭如织，让父亲眼花缭乱，尤其像彭刚、姜世伟（芒克）这样的"先锋派"，就跟外星人差不多。除了史康成和刘羽等个别人例外，几乎全吃过闭门羹。一提到父亲，他们都条件反射般伸舌头。

彭刚为我临了列维坦的油画《湖》，钉在我床铺上方。彭刚的列维坦与十九世纪俄罗斯画风无关，基调变成赭灰色，跟他眼神一样处于半疯癫状态。那是典型的表现主义作品。

家里地方小,父亲像笼中狮子踱步,每次经过那画都斜扫一眼,甚至能感到他由于恐惧与愤怒所致的内心的战栗,看来彭刚的列维坦深深伤害了他——现代派风格与现实世界格格不入。一天晚上,父亲终于爆发了,他咆哮着命令我把画摘下,我不肯,他一把从墙上扯下来,撕成两半。旁边正好挂着我叔叔赵延年为父亲作的墨线肖像画,礼尚往来,我顺手够到狠狠摔到地上,镜框碎裂。

每次争吵,往往以同样的方式告终——他打开大门叫喊:"这不是你的家,给我滚出去!"如果泡病号回不了工地,我就到史康成或刘羽家打地铺,最后由母亲出面调停,把我劝回家。

1975年夏和父亲大吵后,一怒之下我和刘羽上了五台山。十天后回家,珊珊从湖北回北京出差。我们兄妹俩感情最深,不愿让她为家庭纠纷烦恼,我尽量瞒着。可在她逗留期间,我和父亲再次冲突。待平息下来,夜已深,我和珊珊在厨房,相对无言。她沮丧地靠着墙,我依在水池上,水龙头滴滴答答淌着水。

"人生就是个接送",总有最后一次。那次为珊珊送行，由于无轨电车太挤太慢，赶到北京站只剩十分钟了。我们冲向站台，好歹把行李塞进货架，车厢哐当摇晃，缓缓移动。隔车窗招手，几乎没顾上说句话。谁想到竟成永别。

1976年7月27日晚，我在传达室接到长途电话，得知珊珊因游泳救人失踪的消息，连夜骑车去电报大楼，打长途电话通知在远郊的父亲和弟弟。第二天凌晨山摇地动，唐山地震。父亲和弟弟中午赶回家，人们都聚在院子里，母亲已处于半昏迷状态。

我和父亲决定立即动身去襄樊，先上楼取随身衣物。我紧跟在父亲后面，磕磕绊绊，几乎连滚带爬上四楼。他老泪纵横，喃喃自语，我冲动地搂住他一起痛哭，并保证今后再也不跟他吵架了。

去襄樊是地狱之旅，不堪回首。

那两年家中一片愁云惨雾。我把工地哥们儿陈泉请来，为父母说快板书，博得一笑。

两年后，母亲因长期抑郁患心因性精神病，由我们轮流照看。"一个做母亲的，从痛失女儿到精神濒临崩溃，再到战胜病魔，那得多么坚强、需要多大毅力啊，是济年与我手挽手，才使我在生与死的考验面前挺住了。济年总劝我女儿是为救人而牺牲的，那是以一命救一命。人生本无常，而生命弥足珍贵，为了自己和他人的生命，要顽强地活下去。"（摘自母亲的口述记录）

十一

1979年，中国人民保险公司重新开张，父亲从"民进"调回去，主管国内业务部。他整天飞来飞去，开会调研，忙得不亦乐乎。1980年秋，我结婚搬了出去，与父亲关系有了明显改善。

平时各忙各的，周末或逢年过节全家聚聚，吃饭打麻将东拉西扯。二十世纪八十年代是"连接两个夜晚的白色走廊"，虽说阴影重重险象环生，但人们似乎充满希望，直到进入一个更让人迷失的夜晚。

1989年春我离开中国。两年多后，父母带上田田去丹麦看我。母亲的腿摔坏了，走路不便，我和父亲轮流推轮椅。父亲1990年退休，明显见老了，身材抽缩，满口假牙。大概互相看不惯，我跟父亲还会闹别扭，但很少争吵，相当于冷战。有时出门散步，我故意推着母亲疾走，把他远远甩在后面，回头看他弱不禁风的身影，又心生怜悯，放慢速度。

父亲在国外闹了不少笑话，成为亲友的趣谈。在丹麦，田田的一对小鹦鹉死了一只，父亲带她去宠物店再补一只。他用仅会的几个英文单词对老板说"一只鸟死了"(One bird dead)，没下文，老板摸不清头脑，就卖给他一对。我下课回家，发现笼里有三只鹦鹉。

巴黎，一个星期天早上，父亲独自出门摄像。一个白人小伙子很热情，比画着要为他拍摄，摄像机一到手撒腿就跑。父亲紧追不舍，行人们跟着围追堵截，那贼慌了神，一头扎进自己家中。有人报警，警察随即赶到，人赃俱在。最有意思的是，父亲跟着去警察局作证，一个法文词儿都不会，居然完成笔录。原来那台摄像机一直没关上，录下全部过程，包括晃动的大地和贼的喘息。那年父亲七十三岁。

待我搬到加州定居，父母去住过两次。美国乡下生活实在太无聊，我又忙，只能偶尔陪他们出门散心。

自八十年代起，我和父亲的地位颠倒过来——他对我几乎言听计从，至少口是心非。我们从未真正平等过，有时我多想跟他成为朋友，说说心里话什么的，但发现这不可能。

其实，几乎每个中国男人心中都有个小暴君，且角色复杂：在社会上小暴君基本是衙役顺民，不越雷池一步，"人阔脸就变"，对手下对百姓心狠手毒，这在历代造反者身上尤其明显，关键是转换自如，无须过渡；在家中小暴君必是主宰，无平等可言，不仅老婆孩子，甚至连男主人都在其股掌中。

直到我成为父亲，才意识到这暴君意识来自血液来自文化深处，根深蒂固，离经叛道者如我也在所难逃。回望父亲的人生道路，我辨认出自己的足迹，亦步亦趋，交错重合——这一发现让我震惊。

1999年年底，盛传世界末日来临。我开车从旧金山回家，夜深，月亮又大又圆，金灿灿，果然有末日迹象。父亲在后座自言自语："我怎么活了这么大岁数，人生总有个头吧？"

记得九岁那年春天，父亲带我去北海公园玩。回家的路上，暮色四起，略带解冻的寒意。沿湖边徐行，离公园后门两三百米处，父亲放慢脚步，环顾游人，突然对我说："这里所有的人，一百年后都不在了，包括我们。"我愣住，抬头看父亲，他镜片闪光，隐隐露出一丝嘲笑。

十二

2001年12月2日晚，我搭乘美国联航班机从旧金山抵达北京，享受特殊待遇——专人迎候，专车运送。

病榻上的父亲一见我孩子般大哭，我坐床头紧握他的手，不知如何安慰才好。急中生智，我取出为他买的新款数码相机，终于让技术至上主义者平静下来。但他左手已不听使唤，根本玩不转。

父亲患的是肾癌和乙肝，外加左边偏瘫。他行动不便，神志清醒。他用助走器上厕所，我鼓励他，让他相信只要坚持锻炼就能康复。

每天访亲会友，晚上回家，我在床头陪他一会儿，把红酒倒进玻璃杯，让他用吸管嘬几口，享受这人世间的那点儿醉意。他摘掉假牙后两腮深陷，目光茫然。他告诉我，他问医生火化疼不疼？他试图用幽默的方式面对死亡。

父亲离世前我获准回去三次，每次一个月。由于强烈的生存意识，他过了一关又一关，但最后半年他全面崩溃了，只能靠药物维持。第二次脑血栓废掉了语言能力，对像他这样话多的人是最大磨难。他表达不出来，就用指头在我手上写，并咿咿呀呀发出怪声。

我每天早上做好小菜，用保温箱带到三〇四医院，一勺勺喂他。我多想跟他说说话，但这会让他情绪激动，因无法表达而更痛苦。每回看到那无助的眼神和僵硬的舌头，我心如刀割。

2003年1月11日，星期六，我像往常那样，上午10点左右来到三〇四医院病房。第二天我就要返回美国了。中午时分，我喂完饭，用电动剃须刀帮他把脸刮净。我们都知道，最后的时刻到了。他舌头在口中用力翻卷，居然吐出几个清晰的字："我爱你。"我冲动地搂住他："爸爸，我也爱你。"记忆所及，这是我们第一次也是最后一次这样说话。

第二天早上，我本想在去机场的路上再见一面，但时间来不及了。坐进机舱，扩音器播放空中小姐软绵绵的声音，马上就要起飞了。我向北京城，向父亲所在的方向，默默祈祷。

Copyright © 2015 by SDX Joint Publishing Company.
All Rights Reserved.
本作品版权由生活·读书·新知三联书店所有。
未经许可，不得翻印。

图书在版编目（CIP）数据

城门开／北岛著．—北京：生活·读书·新知三联书店，
2015.7 （2022.6 重印）
（北岛集）
ISBN 978-7-108-05304-6

Ⅰ．①城… Ⅱ．①北… Ⅲ．①随笔－作品集－中国－当代
Ⅳ．① I267.1

中国版本图书馆 CIP 数据核字（2015）第 065982 号

责任编辑	冯金红
装帧设计	木　木
责任印制	董　欢
出版发行	生活·讀書·新知 三联书店
	（北京市东城区美术馆东街 22 号 100010）
网　　址	www.sdxjpc.com
经　　销	新华书店
印　　刷	河北鹏润印刷有限公司
版　　次	2015 年 7 月北京第 1 版
	2022 年 6 月北京第 8 次印刷
开　　本	880 毫米 ×1092 毫米　1/32　印张 8.25
字　　数	120 千字
印　　数	58,001-63,000 册
定　　价	56.00 元

（印装查询：01064002715；邮购查询：01084010542）